Lotte Betke

Die Fahrt nach Jevensand

Weihnachtserzählungen

ALKYON VERLAG

Bibliografische Information der Deutschen Bibliothek
Die Deutsche Bibliothek verzeichnet diese Publikation in der Deutschen Nationalbibliografie; detaillierte bibliografische Daten sind im Internet über http://dnb.ddb.de abrufbar.

ALKYON VERLAG
Gerlind Stirn
Lerchenstr. 26
71554 Weissach i.T.

Druck und Verarbeitung:
Gruner Druck GmbH Erlangen

ISBN 3-933292-76-X

Advent 1918

Die Adventszeit 1918 verbrachte ich in Schleswig Holstein auf einem großen Marschhof. Wie es dazu kam, dass ich Hamburger Großstadtkind plötzlich auf dem Lande saß? Nun, daran waren zwei Ereignisse schuld. Das erste passierte schon im November.
Da kam ich eines Tages aus der Schule, stürzte in die Küche zu meiner Großmutter, warf den Ranzen irgendwohin in die Ecke und rief begeistert: „Geschossen, Osche, sie haben geschossen!“ Meine Großmutter, die gerade am Herd stand und in dem Steckrübentopf herumrührte, sah mich entgeistert an: „Geschossen? Wer? Und wo?“ „Na, die Matrosen! Auf dem Rathausmarkt. Und eine Kugel ist direkt neben mir durch die Fensterscheibe von der Straßenbahn geflogen. Da haben wir uns alle auf den Boden geworfen, alle Fahrgäste, toll!“ „So, so“, sagte Großmutter bloß und rührte weiter in den Steckrüben herum. Das war in dem berühmten November 1918, als die Matrosen meuterten; sie hatten genug vom Krieg, und kurz darauf war er ja auch zuende.
Anfang Dezember passierte wieder etwas. Wir saßen alle beim Frühstück, wieder bei meiner Großmutter in der Küche, als es ein Geklirr gab: Lotte – also ich – war vornüber auf den Tisch gefallen mit dem Gesicht mitten in

ihre Kaffeetasse. Warum? Ganz einfach, Schwäche, Hunger. In diesem Augenblick wurde meine Großmutter wild. Als ich wieder zu mir gekommen war, sah ich sie aufgerichtet am Küchentisch stehen und hörte, wie sie zu meiner Mutter und den Tanten sagte: „Nun ist das Maß voll. Erst schießen sie durch die Scheiben, und dann fällt mir das Kind noch in die Kaffeetasse! Das ist zuviel! Nun geh ich mit den Kindern aufs Land zu Fernanda!“ Fernanda war eine Nichte meiner Großmutter, deren Mann einen großen Hof in der Marsch besaß.
Meine Großmutter packte also ihren Koffer und fuhr mit meinem kleinen Bruder und mir zum Dammtorbahnhof. Dort mussten wir lange auf einen Zug warten – in der damaligen Zeit herrschte ein ziemliches Durcheinander. Es war ein Bummelzug, die Fahrt dauerte endlos, und als wir endlich in Lunden ankamen, waren wir tüchtig durchgefroren.
Wir kletterten also aus dem Zug und liefen die Landstraße entlang. Wie das auf dem Lande so geht: Plötzlich hält ein mit Pferden bespannter Leiterwagen neben uns, ein Mann beugt sich herunter, starrt meiner Großmutter unter den Hut, und fragt, natürlich auf Plattdeutsch: “Na nu, ist das nicht Anna Witt?“
„Und ist das nicht Jehann Harder?“ gibt Großmutter zurück. Es war tatsächlich Jehann Harder, der Mann von Großmutters Nichte,

und wir brauchten bloß auf den Leiterwagen zu klettern. Dieser Onkel Jehann war ein Mann, der Kinder mochte. Das erwies sich gleich bei unserer Ankunft auf dem Hof.
Kaum waren wir abgestiegen, rief er nach seiner Frau: „Fernanda, wir haben Besuch." Und dann nach seinen erwachsenen Töchtern: „Mieke, Grete, Agnes, kommt mal auf die Tenne, sagt guten Tag! Und bringt was zu essen für diese mageren Heringe aus der Stadt!" Na, nun ging es ja los mit der allgemeinen Begrüßung. Und dann ließ Jehann Harder auf der Tenne auftischen. Da gab es Milchsuppe mit Klößen, Bratkartoffeln mit Pferdebohnen und Speck, Schwarzbrot mit Butter und Wurst.
Beim Anblick all der Herrlichkeiten gingen mir die Augen über, und als wir an dem ellenlangen Tisch saßen und Onkel Jehann mich aufforderte, mit ihm um die Wette zu essen, ließ ich mir das nicht zweimal sagen.
Mitten im schönsten Schmaus ging die Tür auf, zwei Männer traten auf die Tenne und setzten sich an das Ende der Tafel. „Unsere Gefangenen", erklärte Tante Fernanda. „Sie sind keine Gefangenen mehr, Fernanda", wies Onkel Jehann sie zurecht, „der Krieg ist zuende", und zu meiner Großmutter gewandt, fuhr er fort: „Grigori und Iwan wollen erst mal abwarten, was in Russland wird, da ist ja Revolution. Ich bin froh, wenn sie noch' n bisschen hier bleiben. Ohne die beiden hätte

ich den Hof überhaupt nicht halten können. „Bei uns in Hamburg war auch Revolution“, rief ich stolz. „Sie haben in die Straßenbahn geschossen, wo ich drin saß.“ Tante Fernanda schüttelte den Kopf: „Was sind das bloß für Zeiten!“ „Ja,“ stimmte meine Großmutter zu, „Lottes Vater ist auch noch irgendwo in Russland, wir hören gar nichts mehr von ihm.“ „Unser Junge ist auch in Frankreich“. Tante Fernanda fing an zu weinen, und mein kleiner Bruder verzog das Gesicht. Da nahm Onkel Jehann ihn auf den Schoß und sang ihm was vor. Was ganz Wildes. Ich war fasziniert von dem Onkel. Vor allem sein schwarzer Schnurrbart gefiel mir ungeheuer. Ich fand, Onkel Jehann sah aus wie ein Seeräuber, dass seine Beine ein bisschen krumm waren, störte mich nicht im geringsten.

Für mich begann in dieser schlimmen Nachkriegsperiode eine herrliche Zeit oben in der Marsch. Ich durfte Onkel Jehann zum Kohlladen begleiten, durfte, neben ihm auf dem Kutschbock sitzend, ab und zu die Zügel halten, durfte mit meinen großen Kusinen in den Stall und so tun, als ob ich melken könne.

Zum Schluss will ich noch berichten, mit welch einem Höhepunkt diese schöne Zeit damals endete. Es war beschlossen worden, dass meine Großmutter mit meinem Bruder und mir zum Heiligabend nach Hamburg in die große Familie zurückkehren solle. Ich weiß

noch, dass ich gar nicht entzückt war bei dem Gedanken an das kalte Haus in Hamburg, wo eine ziemlich trübselige Stimmung herrschte. Aber Onkel Jehann tröstete mich und meinte, ich könne bald wieder zu Besuch kommen – und außerdem wollten wir noch ein schönes Adventsabschiedsfest feiern. So geschah es denn auch.
Zuerst saßen wir alle auf der großen Tenne und sangen Weihnachtslieder und Volkslieder. Eines unserer liebsten Lieder war: „Jetzt gang i ans Brünnele." Es war so „schön fremd" fand Mieke. Wir konnten alle Verse auswendig. Inbrünstig betonten wir das Brünn-n-e-le, in unseren norddeutschen Ohren klang es besonders reizvoll. Es dauerte nicht lange, da gesellten sich die beiden Russen zu uns und summten leise mit. Nach einer Weile stand Grigori auf, verschwand in seiner Kammer und kam mit einer Ziehharmonika unter dem Arm zurück. Na, nun ging es aber los! Er spielte russische Lieder, beide Russen sangen dazu. Alles Lieder in Moll. Ich war ganz außer mir! Mit Musik hatte ich es immer schon, und nun noch Melodien in Moll! Ich spürte, wie meine Backen anfingen zu glühen und schielte zu Onkel Jehann hinüber. Der war auch ganz in Fahrt und sang die russischen Lieder einfach mit auf „lalala".
Es herrschte eine fröhliche Stimmung. Ganz zum Schluss ging der lange Iwan in die Knie

und warf die Beine. Da war ich nicht mehr zu halten und tanzte mit, russisch. Später brachte Tante Fernanda auf den Tisch, was man sich in der damaligen Zeit nur wünschen konnte: Eingemachtes und Eier und Grütze und Fleisch; das Schönste aber war, dass meine Kusinen am Tag vorher in die Geest gefahren waren, mit dem Pferdewagen, versteht sich, und Tannenreiser besorgt hatten, denn auf der Marsch wuchsen keine Tannen, nur wenige Eichen und Buchen. Die Reiser hatten sie überall auf der Tenne an den Balken befestigt und mit Lichtern besteckt. Es war also eine Art Weihnachten im Voraus.
Wir saßen bei Tisch auf der Tenne und meine Tante Fernanda hatte Feuer im großen Kamin angezündet, der eigentlich nur zum Räuchern von Schinken und Würsten bestimmt war. Und es war warm und hell. Als wir mitten im schönsten Schmaus waren, wurde von draußen an die Tennentür geklopft. „Kuck mal nach, wer da ist“, sagte Tante Fernanda, und meine Kusine Mieke ging hin und machte das eine obere Viertel der Tür auf. Diese Tennentüren bei uns sind geviertelt. Sie haben riesige, oben abgerundete Türflügel, von denen man, weil sie so schwer sind, meistens nur einen Teil öffnet. Also, Mieke stieß das obere Viertel auf, schaute nach draußen, drehte sich zu uns herum und sagte: „Da steht’ n Soldat.“ Indem sie das sagte, machte aber schon

der Soldat von draußen den ganzen Türflügel auf und trat auf die Tenne.
Er sagte irgend etwas, und die Stimme kam mir merkwürdig bekannt vor, aber ich traute meinen Ohren nicht, und meine Augen konnten mir auch nicht zu Hilfe kommen, das Kerzenlicht reichte nicht aus, um den hinteren Winkel der Tenne zu erhellen. Unterdessen kam der Soldat näher und trat an den Tisch. Und da war es mein Vater. Mein Vater im feldgrauen Mantel. Die Tafelrunde starrte ihn an wie einen Geist, aber der Geist sagte ganz einfach: "Ja, guten Abend. Ich wollte man bloß meine Kinder abholen." Mal bloß eben aus Russland kommen und mal bloß eben die Kinder abholen.
Ihr könnt euch denken, was da für ein Begrüßen, Händeschütteln, Fragen losging. Mein kleiner Bruder und ich hängten uns bei unserem Vater ein und ließen ihn überhaupt nicht mehr los. Zum Schluss der verwandtschaftlichen Begrüßung ging mein Vater zu den beiden Russen, die stumm am Ende des Tisches standen; obwohl ich ein Kind war, spürte ich, was das für ein denkwürdiger Augenblick war:
Da standen sie sich gegenüber: Ein deutscher Soldat, dem man die Strapazen der mühseligen Heimkehr ansah, und die beiden russischen Gefangenen, die den ungewissen Weg in ihre Heimat noch vor sich hatten. Sie ga-

ben einander die Hand, die drei Männer. Viele Worte wurden nicht gewechselt. Aber ich meine etwas wie ein notvolles Einverständnis zwischen den dreien gespürt zu haben. Oder – bilde ich mir das heute nur ein, nach einem Leben, in dem ich zwei Kriege mitgemacht habe?

Das Weihnachtssegel

An dem Tag, bevor das Weihnachtssegel kam, wehte ein heftiger Wind. Aber das waren wir gewöhnt, meine Schwester Maike und ich. Deshalb fanden wir auch weiter nichts dabei, als unser Vater an diesem Tag, trotz Nordwest und Seegang mit unserem Nachbarn Feddersen zum Festland fuhr. Das tat er jedes Jahr einen Tag vor Weihnachten, um uns einen Tannenbaum zu holen. Auf unserer Hallig wuchs ja weder Baum noch Strauch. Dieser Nachbar Feddersen hatte einen kleinen Fischkutter mit Motor, aber wenn es nur irgend ging, dann setzten sie Segel, Feddersen und mein Vater.

Als die beiden frühmorgens den Motor anwarfen und mit dem Kutter über' s Wasser tukkerten, war der Nordwest noch erträglich. Aber am Nachmittag, als sie hätten zurückkommen sollen, war aus dem frischen Nordwest ein heftiger Sturm geworden. – Ich weiß noch – ich saß mit meiner kleinen Schwester in der Dönz, und wir spielten Halma. Das spielte man damals, als ich klein war. Mitten im Spiel fingen wir an, uns zu zanken. Als Maike nämlich merkte, dass sie verlor, warf sie einfach die ganzen Figuren um, und ich wurde wütend und riss sie an den Haaren. In diesem Augenblick kam unsere Stine von draußen

rein und ich hörte, wie der Wind durch den Hausflur heulte.
Als Stine sah, dass Maike und ich uns an den Haaren hatten, grinste sie und sagte, es sei doch überall dasselbe, bei Mensch und Tier, und der Nordwest wäre sicherlich nur deshalb so wütend, weil ein paar Walfischkinder draußen auf dem Meer ihm die Zunge rausgestreckt hätten. Ja, und sie gehe nun und treibe die Schafe die Warft rauf ins Haus, denn wenn der Sturm so weiter mache, kriegten wir heut Nacht womöglich noch „Landunter".
Stine meinte, das würde eine böse Nacht werden, und wir sollten ja im Haus bleiben, sonst würde der Wind uns hoch in die Luft pusten. Na, das hätte sie lieber nicht sagen sollen, denn kaum war sie draußen, da wollten wir natürlich ausprobieren, ob der Wind uns wirklich hoch in die Luft pusten würde. Wir liefen zur Haustür, kriegten sie aber zuerst gar nicht auf, denn der Sturm stemmte sich von außen mit aller Macht dagegen. Als es uns endlich doch gelang, flog sie uns aus der Hand und knallte gegen die Hauswand. Wir wollten gerade rauslaufen und uns für unseren Ausflug in die Luft rüsten, als unsere Osche die Warft raufkam.
Osche, so nannten wir unsere Großmutter. Sie war drüben bei Feddersens gewesen. Als sie uns sah, kriegte sie uns gleich beim Schlafittchen und schob uns vor sich her in die

Küche, wo meine Mutter braune Kuchen backte.
„Nun lass du mal Kuchen Kuchen sein“, sagte Osche zu meiner Mutter, „du musst rüber zu Feddersens.“ „Ist da jemand krank?“ wollte ich wissen. „Ja.“ Osche nickte. „Carsta hat wieder ihr Asthma. Mutter muss rüber und ihr beistehen.“ Unsere Mutter zog gerade das Blech mit den duftenden, braunen Kuchen aus dem Ofen. Dann band sie ihre Schürze ab, nahm ihre große Medizintasche vom Nagel und packte noch allerhand Kram ein.
Zuletzt hängte sie sich ein paar zusammengebundene Schaftstiefel von Vater über die Schulter, denn „man kann nie wissen“, meinte sie. Als wir mit ihr vors Haus traten, sahen wir schon die weißen Schaumpferde über den Halligrand galoppieren. Dahinter tobte das grünschwarze, weißgetüpfelte Meer, und die Möwen kippten kreischend durch die Böen.
Als unsere Mutter zu Feddersens Warft rüber ging, wehten ihre schweren Röcke hoch, und sie hatte alle Mühe, die runterzudrücken. Wie sie da ging, die Stiefel über der Schulter, und sich gegen den Wind stemmte, war ich ziemlich stolz auf sie. Wir hatten keinen Arzt auf der Hallig, aber wir hatten Mutter.
Es dämmerte schon, aber wir konnten noch deutlich erkennen, dass sie drüben bei Feddersens auch dabei waren, die Schafe reinzutreiben.

Jetzt kam auch unsere Herde angehoppelt mit „böh „ und „bäh“, und Flock, unser Hund, bellte wie verrückt. Es war ein Heidenlärm, und als alle großen und kleinen Tiere glücklich im Stall waren, wischte Stine sich den Schweiß von der Stirn und meinte: sie habe wohl einen kleinen „Vorgeschmack“ auf Weihnachten verdient. Den bekam sie, in Gestalt von ein paar leckeren, braunen Kuchen. Die krachten ordentlich zwischen ihren Zähnen. Da kriegten wir auch Appetit, Maike und ich. Osche gab auch uns von den duftenden Kuchen, und während wir sie verzehrten, guckten wir aus dem Küchenfenster.
Inzwischen war es draußen ganz dunkel geworden, der Sturm rüttelte an Fenstern und Türen und die See brüllte. Da fragte Maike in all das Tosen hinein: „Und Feddersens Boot, Osche, wo ist das jetzt?“ „Oh, dein Vater und Feddersen sind auf dem Festland geblieben“, erwiderte Osche ruhig, „da bin ich ganz sicher.“ Osche hatte wohl recht, dennoch fühlte ich, wie sich in meiner Brust etwas vor Angst zusammenzog. Als Stine jetzt die Tür aufriss, fuhr ich ordentlich zusammen. „Der Priel“, rief Stine, „der Priel läuft über! Ich musste noch was von draußen reinholen, da hab’ ich’ s gesehen. Zwischen Feddersens Warft und unserer ist alles voll Wasser! Nu kann unsere Frau nicht mehr zurückkommen heute abend.“

Ich sah, dass Maikes Augen ganz groß wurden, aber unsere Osche stand aufrecht wie ein Mast mitten in der Küche.
„Stine!“ rief sie, „was gackerst du hier rum. Lass es sein. Du kannst es doch nicht so schön wie die Möwen.“ Da mussten Maike und ich lachen, und wir bekamen unser Abendbrot. Mir wollte es nicht so recht schmecken, und ich war froh, als ich in mein Wandbett kriechen und den Bettladen zumachen konnte. Sonst machte mir der Sturm nichts aus, aber heute musste ich immerzu an Vater und Feddersens Boot denken. Und an unsere Mutter, die heute nacht drüben im Haus auf der Nachbarwarft wachte. Ich grübelte und grübelte, und alle möglichen Bilder zogen durch meinen Kopf. Aber endlich schlief ich doch ein. Mitten in der Nacht wachte ich von einem unheimlichen Lärm auf. Erschrocken stieß ich den Bettladen auf; da war es, als bullere der Wind direkt durchs Zimmer, so laut war das Getöse. Draußen vor der Tür sah ich einen Lichtschein, der glitt auf und ab. Das war unsere Osche, die auf dem Flur hin und her ging und die Wasserwache hielt.
Drüben in dem anderen Wandbett saß meine kleine Maike. Sie hatte die Beine außenbords hängen und rief laut nach mir. „Komm!“, rief ich und streckte die Arme aus, und schon kam sie angelaufen. Sie kam mir so klein und schutzbedürftig vor, wie sie da vor meinem

Bett stand, und ich zog sie schnell unter die Bettdecke und stopfte sie überall zu. Nur ihr kleiner weißblonder Kopf guckte noch heraus, und ihre Stimme klang ganz ängstlich, als sie fragte, ob es denn auch bei Sturm und „land-unter" Weihnachten werden würde? Ich wusste es selbst nicht so recht, aber ehe ich noch antworten konnte, trat meine Osche auf die Schwelle. Sie hatte alle Kleider an und hielt ein Licht in der Hand. Das flackerte heftig, weil es im Flur zog. Draußen hörte man das Klatschen der Wellen. Da lief ich zum Fenster, und als meine Augen sich an die Dunkelheit gewöhnt hatten, sah ich, dass das Wasser schon über den Fuß der Warft leckte.
„Osche" rief ich, „die See!"
„Ja", sagte Osche, „wir haben Springflut. Das merken sogar die Schafe. Hört ihr? Sie können auch nicht schlafen. Zieht euch man fix an und kommt in die Küche. Stine ist schon dabei, mir einen Kaffeepunsch zu machen."
„N' bisschen kriegt ihr ab, ihr seid ja auch tüchtige Wasserwächter, nicht?"
Es gefiel uns, Maike und mir, dass wir Wasserwächter waren, und als wir in der Küche saßen, schlurften wir bedächtig unseren Kaffeepunsch wie die Großen. Aber das Wasser klatschte draußen heftiger und heftiger, und meine kleine Maike, die die Nase tief in die Tasse gesteckt hatte, hob plötzlich den Kopf und rief laut nach unserer Mutter. Da nahm

Osche sie schnell auf den Schoß und sagte: „Denkt ihr eigentlich daran, dass Mitternacht vorbei ist, und wir also jetzt schon den 24. Dezember haben?“ – Nun wurde bei uns immer am Heiligabend die Weihnachtsgeschichte erzählt. Meine Osche fing aber jetzt an, wo es noch nicht einmal Weihnachtsmorgen war, sie zu erzählen. Sie sprach mit lauter Stimme, denn sie musste ja das Heulen des Sturmes übertönen. Und sie erzählte von Maria und Josef, wie sie sich aufmachten nach Bethlehem, der Stadt Davids. Und unsere kleine Maike, die mit ihren fünf Jahren erst ein einziges Mal von der Hallig zum Festland gefahren war, hob wieder den Kopf und fragte, ob das damals auch so' n Sturm gewesen sei, als Maria und Josef mit ihrem Schiff losgefahren waren nach Bethlehem? Meine Osche blickte sie einen Augenblick starr an, dann nickte sie langsam mit dem Kopf. „Ja, ja“, sagte sie, „am Anfang hat auch ein Sturm getobt, aber dann – dann brach ein Stern aus der Tiefe des Himmels.

Und als seine Strahlen auf die krausen Wellen fielen, da legten sie sich, und auf einmal lief über das Wasser eine Straße aus Licht. Auf der ist Josef mit seinem Schiff gefahren, und es hat nicht lange gedauert, da ist das Schiff auf den Strand gelaufen. Weil aber so viele Leute zur Schätzung aufs Festland gekommen waren, fanden Maria und Josef nir-

gends mehr eine Herberge. Aber der Stern leuchtete ihnen wie auf dem Meer so zu Lande und wies ihnen den Weg zu einem alten Schafstall. Da gingen sie rein – und drinnen war es schön warm, und da kam das Kind Jesus zur Welt.
Zum dritten Mal hob unsere kleine Maike den Kopf. Aber sie sah gar nicht mehr so ängstlich aus, als sie fragte:
„Und die Hirten, Osche, zu denen der Engel kam? Von denen musst du auch noch erzählen!"
„Ja", Osche dacht ein bisschen nach und dann fuhr sie mit einem Blick auf Maike fort: „Vor dem Festland lag ja auch so' ne große Hallig, darauf waren die Hirten und hüteten ihre Schafe.
Es war Nacht, und das Meer und der Wind sprachen miteinander, die Schafe blökten und die Luft war voll von allerhand Geräusch. Plötzlich aber war da eine große Stille. Und der Engel des Herrn trat zu den Hirten und sprach:
„Fürchtet euch nicht. Ich verkündige euch große Freude. Denn euch ist heute zu Bethlehem der Heiland geboren." Maikes Kopf schwankte ein bisschen, als sie fragte:
„Und als die Engel wieder zum Himmel geflogen waren, Osche?"
„Da sagten die Hirten untereinander: ‚Lasst uns nach Bethlehem fahren'. Und sie gingen

zu ihren Booten, und obwohl Meer und Luft still waren, blähten sich ihre Segel. Sie fuhren übers Meer, und der Stern schien so hell, dass ihre Segel wie Schwanenflügel durch die Nacht leuchteten."

An dieser Stelle, das weiß ich noch genau, sank Maikes Kopf gegen Osches Brust. Und auch ich hörte nur noch wie aus weiter Ferne Osches Stimme.

„Und sie kamen zum Stall und fanden beide, Maria und Josef, dazu das Kind in der Krippe."

Dann war ich auch in den Schlafbrunnen gefallen. –

Als ich aufwachte, war heller Mittag. Die Osche stand vor meinem Bett und lachte. Maikes Bett war schon leer, und als ich mir noch schlaftrunken die Augen rieb, hörte ich ihre helle Stimme aus der Küche:

„Osche, schnell! Sie kommt, sie kommt!"

Meine Osche fuhr herum und lief in die Küche. Da sprang ich aus dem Bett. Während ich über die Dielen tappte, sah ich, dass die Sonne über die Holzbohlen leckte, und das kam mir nach der düsteren Nacht wie ein Wunder vor. Und als ich aus dem Fenster guckte, sah ich, dass unsere Warft wieder frei von Wasser war, und ich rannte vergnügt in die Küche. Meine Osche hatte gerade das Küchenfenster aufgemacht und rief:

„Wie geht es drüben?"

Ich sprang zu ihr ans Fenster. Da sah ich meine Mutter. Sie hatte die Schaftstiefel an und watete durch den Priel. Das Wasser reichte ihr bis zu den Schenkeln, und sie hatte ihre Röcke hochgebunden. Sie rief uns irgend etwas zu, aber der Wind riss ihr das Wort vom Munde. Sie lachte aber und winkte; da wussten wir, dass es drüben bei Feddersens besser ging. Maike hüpfte wie ein Floh auf der breiten Fensterbank herum, sosehr freute sie sich, dass Mutter wiederkam. Plötzlich aber blieb sie mitten in ihrem Gehopse stehen und starrte aufs Meer. Da sah ich es auch: über den sich noch immer heftig aufbäumenden Wellen schwebte etwas Weißes auf und ab. Ein Segel. Wir sahen es alle.
Und wir blieben alle stumm. Als erste bekam Stine ihre Stimme wieder. „Feddersens Motor muss ja wohl kaputtgegangen sein“, sagte sie, „dass sie bei dem Wind Segel gesetzt haben auf dem Kutter?“ Es klang wie eine Frage. Keiner antwortete, bis Maikes Stimme hell durch die Küche klang:
„Stine, du bist dumm. Vater und Feddersen haben das Weihnachtssegel gesetzt. Wie die Hirten in der Heiligen Nacht.“
Nach den Worten meiner kleinen Schwester wurde mir ganz wunderbar zumute. Ich dachte an unser altes Haus, das dem Sturm letzte Nacht die Stirn geboten hatte. Ich dachte an Vater, und wie gut es war, dass er Knecht

Ruprecht den Weg abgenommen hatte, und in der hintersten Ecke meines Herzens dachte ich, dass ich Maike gern leiden mochte, auch wenn ich sie an den Haaren riss. Und während ich all das dachte, kam das Segel näher und näher und wurde immer leuchtender und größer.

Der Fahrgast

Letzte Weihnachten war es ziemlich kalt. Ich saß in meinem Lastwagen und fuhr und fuhr, und nun fing es auch noch an zu schneien. Als ich aus dem hügeligen ‚Gelände raus war, fiel mir 'n Stein vom Herzen – wegen der Rutscherei – und ich sagte zu Karoline, so heißt mein Lastwagen, „also Karoline", sagte ich, „nu mal zu, Mädchen, nu gib mal Zunder, dass wir bald nach Hause kommen."
Nachhause, das ist für mich meine Schwester Janne. Sie hat keinen Mann mehr, aber sie schlägt sich tadellos durch mit ihrem kleinen Hof und dem Kramladen, und ihren drei Kröten geht nichts ab. Die Kröten, das sind Jan, Nelly und Sören. An die dachte ich grade, als ich durch die Lüneburger Heide kam, und ich brummte ganz vergnügt vor mich hin, hab ja Radio im Wagen, brummte also mit und mein Scheibenwischer flitzte im Takt hin und her.
Er hatte mächtig zu tun, denn es war Wind aufgekommen, und der Schnee wirbelte man so. Trotz dem Gewirbel sah ich auf einmal was Dunkles, Schlaksiges an der Straße stehen. Das hielt den Daumen in den Wind. Ich tu's sonst nicht, aber es kam wohl von Weihnachten, dass ich anhielt.
„Verflixt und zugenäht", brüllte ich runter,

„diese dämliche Anhalterei. Also denn rauf mit dir!“ Tür auf und er kam rauf. Er sah ziemlich verfroren aus. Hatte keinen Mantel an, aber sonst ganz ordentliches Zeug und auch stabiles Schuhwerk. Ich wusste nicht recht, wo ich ihn unterbringen sollte. Erst sagte ich gar nichts, und dann sagte ich: „Wo soll ich dich absetzen?“ „Ich muss nach Hamburg“, antwortete der Junge und guckte geradeaus. „So weit fahr' ich nicht“, sagte ich und guckte auch geradeaus.
„Ist egal“, sagte er, und ich dachte mir mein Teil. Wenn man wie ich immer auf der Landstraße liegt, kennt man seine Pappenheimer. Plötzlich schoss `n Hase über die Straße. Da drehte der Junge den Kopf zu mir rum, und ich sah zum ersten Mal so richtig seine Augen.
„Keine Angst“, sagte ich, „der Hase ist schneller als Karoline“.
Er begriff sofort, wen ich meinte, und es wurde ‘n bisschen hell in seinem Gesicht. War aber gleich wieder vorbei. Als ein Parkplatz in Sicht kam, wollte ich halten, fuhr aber doch weiter. War vielleicht besser, wenn ich so im Fahren ‘n bisschen an ihm rumbohrte. „Wo soll's denn hingehen in Hamburg?“
„Hafen“, murmelte er.
„Welche Straße?“
„Hafen eben“.
Da wusste ich Bescheid. Wir hatten den Park-

platz nun hinter uns, und ich ging in die große Kurve, immer so eben weg und mittendrin sagte ich: „Du bist ausgerissen“. Seine Schultern sackten nach vorn. Aber er brachte kein Wort raus.
„Tja“, fuhr ich fort, „das ist deine Sache.“
„Wenn's meine Sache ist, brauchen Sie mich ja auch nicht anzuzeigen“. Er verzog geringschätzig den Mund. Aber seine Augen! Mann, tat er mir leid! „Wo denkst du hin“, sagte ich und trat auf den Gashebel, die Straße war ganz gerade – „meinst du, ich geb' mich mit so `nem Krümel wie du noch lange ab?
Du musst sowieso gleich aussteigen. Ich bieg jetzt ab.“ An der Kreuzung hielt ich. Er die Tür auf und runter. Sagte nicht mal danke. Ich ließ ihn so lange laufen, wie ich ihn in dem Schneegestöber noch sehen konnte. Dann hinterher. Als ich neben ihm hielt, sah ich, dass er heulte. „Komm rauf, du Stück Malheur!“
Er schüttelte den Kopf. Dann ging ein Ruck durch seinen Körper. „Ausbüxen ist nicht“, sagte ich, „du bist kein Hase. Karoline ist schneller.“
Da heulte er erst richtig los. Ich beugte mich einfach runter und zog den Schlaks neben mich auf den Sitz.
Wenn ich euch nun sage, dass meine Schwester mir als Kind – und ich war 'n kräftiger Bengel – wenn ich euch also sage, dass sie

mir einmal bei einem Streit beinah ‘n Viertel Pfund Haare ausgerissen hat, dann werdet ihr verstehen, dass mir einigermaßen klöterig zumute wurde, je mehr wir uns dem Dorf näherten, wo sie wohnt. Tja, denn: resolut ist sie bis heute geblieben, meine Janne. Muss sie ja auch, mit 3 Kindern, nicht?

Als wir vor der kleinen Kate hielten, waren alle Fenster voll Licht, und Janne selbst stand in dem hellerleuchteten Laden und bediente eine Bauersfrau.

„Junge, Junge, beiß die Zähne zusammen!“ stieß ich heraus, und es war nicht ganz klar, meinte ich den Schlaks oder mich? Wir kletterten von Karoline runter. Ich `n bisschen steifbeinig, ist ja klar, war ja schon `n ganzen Tag unterwegs. Und dann ging eine Haustür auf und sie kamen angelaufen, die Kröten, und Jan hing sofort an meiner linken Schulter und Sören an meinem rechten Bein und Nelly gab mir einen „Knallkuss“ – ja, so nennt sie das – auf die Backe.

„Na, nu“, sagte ich und versuchte die drei abzuschütteln. In dem Augenblick bimmelte die Ladenglocke. Die Kundin verließ vollbepackt den Laden, und Janne, die natürlich den Spektakel gehört hatte, trat aus der Tür.

„Tim, da bist du ja!“ rief sie vergnügt, „jetzt schließ ich aber auch den Laden“.

Und sie kam auf uns zu. Ich holte tief Luft

und nahm sozusagen ‘n Anlauf. Wie als Junge vom Dreimeterbrett: „Janne“, sagte ich, „ich - ich hab’ einen mitgebracht“. „Hast du? Das ist recht!“ Sie lachte und fasste meinen Fahrgast einfach unter, „denn kommt man alle Mann rein, denn kann es ja losgehen!“

Da stand ich nun und guckte dumm. Hatte ja meinen Anlauf ganz umsonst genommen. Janne war schon bei der Haustür und drehte sich um: „Kommt ihr nun, oder was ist los?“ „Wir kommen!“ rief ich und schubste Nelly und Jan und den kleinen Sören vor mir her. Aber ehe ich die Haustür zumachte, drehte ich mich noch mal um nach Karoline. Sie stand da wie `n großer eckiger Schatten auf dem Hof. „Tschüs solang, altes Mädchen!“ rief ich, „krieg man keine kalten Füße bis morgen früh!“

Und dann kam Weihnachten. Und nun sollte meine Geschichte ja zu Ende sein, denn Weihnachtsgeschichten enden ja wohl meistens mit dem Tannenbaum voller Lichter. Aber die Geschichte damals war nicht zu Ende. Sie fing erst so richtig an, denn als wir nach der Bescherung bei braunem Kuchen und Punsch saßen, hatte Janne rausgekriegt, dass der Junge aus einem Heim weggelaufen war, schon zum dritten Mal, dass er eine Mutter hatte, die sich nicht um ihn kümmerte, - doch, das gibt’s – und dass der Junge fix und fertig war. Und je trauriger die Geschichte

wurde, die da zutage kam, desto wilder und entschlossener funkelte Janne mich über den Tisch weg an. „Und wenn du was dagegen hast, Tim Timmersen!“ rief sie schließlich, „dann brauchst du es ja nur zu sagen!“
„Wogegen, Janne, wogegen denn?“
„Dass ich Himmel und Hölle in Bewegung setzen werde, Timm Timmersen!“
Weshalb sie Himmel und Hölle in Bewegung setzen wollte, das verriet mir meine Janne damals nicht. Aber als ich sah, wie der Schlaks stillhielt, als sie ihm über den Schopf strich, wusste ich, dass sie es trotz ihrer 3 Kinder und dem Kramladen und dem Hof schaffen würde, sich mit dem ganzen Behördenkram auseinander zusetzen, damit sie den Jungen als Pflegekind unter die Fittiche kriegte. Ich kannte meine Janne. Ich brauchte ja bloß an das Viertelpfund Haar zu denken, das sie mir ausgerissen hatte, damals, als wir noch klein waren.

Der Indianer

Den Jungen hab' ich bloß einmal gesehen, und ich weiß nicht mal seinen Namen. Aber vergessen hab' ich ihn nicht.
Sein Gesicht? Braunes Strubbelhaar. Und sonst? Deutlich seh' ich bloß noch die Augen vor mir.
Ich war damals mit meiner Schießbude mal wieder nach Norden gezogen. In einem Fischereihafen hatte ich sie aufgeschlagen. Anni vom Punschzelt war da und Stanislaus von der Wurstbude hatte seinen Stand direkt neben mir.
Man trifft ja immer wieder alte Bekannte auf dem Weihnachtsmarkt. Ich hatte meine Schießbude neu aufgemöbelt, war alles tipp topp. Einen Kranz bunter Glühbirnen hatte ich an der Decke montiert, die weißen Mäuse, die hinten auf einem Laufband an der Budenwand entlang liefen, hatte ich neu gekalkt. Sie waren natürlich am schwersten zu treffen, denn sie flitzten ziemlich schnell vor einem schwarzen Samtvorhang entlang. Und dann hatte ich einen Miniaturzirkus, alles tipp topp! Das Ziel, ich meine die runde Scheibe, die man treffen musste, steckte bei dem Miniaturzirkus an der Schwanzquaste von einem rabenschwarzen Pudel. Wenn einer richtig getroffen hatte, dann fing der Pudel an,

sich wie verrückt im Kreis zu drehen, der Apfelschimmel mit der Zirkusreiterin auf seinem Rücken hob die Beine, die beiden Clowns schossen Purzelbäume, alles nach Musik. Alles tipp topp! Der Miniaturzirkus war mein bestes Stück.

Das zweitbeste war die Hexe. Die schlimmste Zottelvettel, die man sich denken kann. Sie ritt auf einem Besen und hatte nur einen einzigen Zahn. Aber der war riesig und den musste man treffen, damit sie in Bewegung kam.

Gelang der Schuss, dann fing ihr Besen fürchterlich an zu wackeln und es sah wirklich aus, als sause die Hexe schnurstracks nach dem Blocksberg. Ein bisschen abseits in der linken Budenecke stand der Indianer. Schlecht war der auch nicht, wahrhaftig nicht. Er hatte eine Urwaldtrommel vor dem Bauch hängen und aus dem langen pechschwarzen Haar ragten drei Federn, eine blutrote, eine grellgrüne, eine knallblaue. Ich hatte damals alles frisch angemalt und mit seiner rotbraunen Haut war der Indianer mir prächtig gelungen, fand ich. Aber nach ihm - ich meine nach seiner Trommel – wurde längst nicht so oft gezielt wie nach der Pudelquaste oder nach den weißen Mäusen.

Aber einen Liebhaber fand er doch. Es war der Junge, den ich vorhin schon erwähnt habe. Es war am Heiligabend, da stand er vor meiner Bude und starrte den Indianer an. Anni von der Punschbude war gerade bei mir. Sie hatte mir ’n Glas Punsch gebracht. ‘s war auch nötig, die Kälte biss mich in die Nase, der Schnee fiel in dichten Flocken.

„Na, wen haben wir denn da?“ rief Anni, als sie den Jungen sah. „Das ist doch der Kleine von Reeder Jansen, nicht? Aus dem großen weißen Haus hinterm Park, nicht? Junge, was machst du denn hier?“

„Ich guck den an,“ sagte der Junge und zeigte auf den Indianer. Erst jetzt nahm ich den Jungen richtig wahr, und ich sah, dass er den Indianer mit den Augen verschlang. „Wenn der Ind’sche trommelt,“ sagte der Junge plötzlich, „hört man die Affen.“ „Was?“ fragte ich, „die Affen?“

„Ja, man hört sie schreien. Im Baum.“

Ich guckte Anni an. Die gluckste.

„Na,“ sagte ich, „denn woll’n wir ihn mal trommeln lassen, nicht? Wegen der Affen!“ Ich gab dem Jungen ein leichtes Gewehr in die Hand. Er stellte sich ziemlich ungeschickt damit an und schoss daneben.

„Na,“ sagte ich, „dann will ich mal!“ Und ich kletterte über die Tonbank, stellte mich vor meine eigene Bude und schoss auf die Indianertrommel.

„Dom, dom, doromdomdom“, hallte es dumpf durch den wirbelnden Schnee. Die Augen des

Jungen leuchteten. „Hörst du sie?“ fragte ich. Er nickte einmal mit dem Kopf. Ich lauschte. „’n bisschen was höre ich auch!“
Aber dann hatte der „Ind’sche“ ausgetrommelt und nun kam ein ganz anderer Krach. Eine Horde von Fischern drängte sich zwischen den Buden durch. Sie kamen frisch von See, hatten ’ne freie Woche vor sich und waren mächtig vergnügt. „Das gibt ’n Geschäft!“ Die dicke Anni sprang behende auf und rannte durch das Schneegestöber in ihr Punschzelt. Zum Glück stand meine Bude ja direkt neben Stanislaus seiner Wurstbraterei. Wenn die Seeleute sich mit heißen Bratwürsten vollgestopft hatten, brauchte ich bloß mein „Schießen die Herren?“ auszurufen, dann schaukelten sie schon herbei.
’n satter Seemann ist ’n gemütlicher Seemann, und mein Geschäft ging großartig. War ja auch alles tipp topp in meiner Bude, nicht? Natürlich nahmen die meisten Seeleute meine weißen Mäuse aufs Korn. Hui, die konnten, die Männer! Ich hatte alle Hände voll zu tun, denn für jede kaputte Gipsmaus musste ich ja ’ne frische auf das Laufband setzen. Das war plötzlich ’n Betrieb! Drüben in Ebbersens Karussell nudelte es: „Oh, du fröhliche.“
In meiner Bude knallte es und die Hexe ritt auch nach Musik; ’s war ’n ziemlicher Radau, aber so ist es nun mal auf ’m Weihnachtsmarkt, nicht? Erst als es ganz dunkel war,

zogen die Fischer einer nach dem anderen ab. In Annis Punschzelt.
Das Geschäft lief aus. Die Leute gingen mit Päckchen unterm Arm nach Hause. Zu den Kindern, den Tannenbäumen, den Gänsebraten, den festlichen Lichtern. Meine Kollegen machten ihre Buden zu. Es hatte aufgehört zu schneien.
Weiß und leer lag der Budenplatz jetzt da. Hunderttausend Funken glitzerten im Schnee. Der Junge stand noch vor meiner Bude. „Darfst du denn immer so alleine rumstromern? Musst du nicht nach Hause?" fragte ich. Ich legte die Gewehre zusammen, tat sie in den Schrank und schloss ab. Er schüttelte den Kopf. „Warten die zu Hause denn nicht auf dich?" Ich putzte der Hexe den pulvergeschwärzten Zahn. Wieder schüttelte der Junge den Kopf. „Aber heute an Weihnachten müssen sie doch bei dir zu Hause merken, dass du nicht da bist?" Ich fuhr dem Apfelschimmel aus dem Miniaturzirkus mit dem Staublappen über die geblähten Nüstern. Musste ja alles wieder tipp topp sein, nicht? Der Junge guckte zu. „Die merken das nicht so schnell", sagte er zögernd.
„Wir haben zu Hause 'ne Menge Besuch!"
„Ja, dann!" sagte ich und guckte ratlos über den leeren, schneefunkelnden Platz.
Da fiel mein Blick auf den Indianer: die blutrote, die knallblaue, die grellgrüne Feder blitz-

ten im Glanz meiner bunten Glühbirnenkette. Ich beugte mich über den Rand der Bude. „Soll er noch mal trommeln?“
Die Augen des Jungen leuchteten auf. Dann sagte er: „Aber Sie haben die Gewehre doch schon weggepackt!“ Ich überlegte. Er schaute mich erwartungsvoll an. „Weißt du,“ sagte ich, „man kann es auch mit der Maschinerie machen. Hauptsache, er trommelt, nicht?“ Der Junge sagte nichts, sah mich bloß an. Im Fischereihafen tutete ein Dampfer. Von Annis Punschzelt drang Gesang herüber. Ich trat hinter den Indianer. Nacktes Holz, Leim, ein bisschen Metall. Ich drückte auf den Hebel an seinem Rücken, der das Trommeln auslöst. „Klick“, machte es und schon schlug mein Indianer die Trommel. Dom deromdomdom, dom, deromdomdom klang es über den stillen weißen Platz.
„Hörst du sie?“ flüsterte ich. Er nickte: „Die Affen, ja. Und ein bisschen Puma.“
„Ja,“ sagte ich, „und ein bisschen Papagei.“ Dann ließ ich es noch mal klicken. Und noch mal. Dreimal trommelte mein Indianer für den Jungen die Weichnacht ein. Dann war der Junge zufrieden. „Danke,“ sagte er und gab mir die Hand. Dann lief er über den weißen weiten Platz. Ich schaute ihm nach, bis seine kleine Gestalt sich im Dunkel verlor.

Der kleine und der große Nikolaus

Vor ein paar Jahren – es war am 6. Dezember – hatte der Nikolaus schon allen Kindern etwas Gutes gebracht. Auch seine Pferdchen waren schon versorgt und er wollte sich gerade ein bisschen ausruhen, als ihm plötzlich das Dorf hinter dem Wald einfiel. Das hatte er ja ganz vergessen! Hm! Was sollte er nur tun?

Er ging in den Stall; da standen seine Pferdchen, müde und satt – nein, sie wieder einzuspannen, brachte er nicht übers Herz.

„Na, Nikolaus“, sagte er da zu sich selbst, „gib dir einen Stoß! Nimm deinen kleinen Schlitten, lad’ zwei Säcke auf und zieh ihn selbst durch den Wald!

Draußen glitzert der Schnee; da wirst du wieder munter.“

Er war nämlich rechtschaffen müde, der Nikolaus.

Den ganzen Tag umher zu fahren und gute Dinge zu verteilen, das ist so eine Sache! Dabei kann einer schon müde werden! Also, gedacht, getan. Der Nikolaus lud seine Säcke – ein großer und ein kleiner Sack passten gerade auf seinen kleinen alten Schlitten – und stapfte, den Schlitten hinter sich herziehend, aus der Stadt. Schon sah er den Wald vor sich,

als es aufs Neue zu schneien anfing. Sacht und fein wie Federn sanken die Flocken herab. Da wurde der Nikolaus richtig wieder munter und als er den Wald erreicht hatte, fing er an ein Lied vor sich hinzubrummeln. Dabei hob er vergnügt den Kopf und schaute hinauf zum Himmel, der wie ein heller Weg zwischen den dunklen Tannenspitzen dahinlief!
Aber der Nikolaus hätte seine Nase lieber nicht so hoch in die Luft strecken sollen, denn seitlich am Weg stand ein Ameisenhaufen. Und vor lauter In-die-Luft-gucken stieß der Nikolaus daran, stolperte, sein Schlitten geriet ins Schleudern und „krach" ging er in Trümmer. Ja, da war guter Rat teuer. Wie der Nikolaus nun so da stand und mit sich selber schimpfte: „Nikolaus, wie konntest du auch den alten, morschen Schlitten nehmen", tauchte doch plötzlich aus dem Schneegeriesel, Hände in den Hosentaschen, ein kleines Bürschchen vor ihm auf.
Das Bürschchen erschrak, als es den großen Nikolaus vor sich sah und der Nikolaus auch ein bisschen. „Nanu?" sagten sie beide, und dann grinsten sie beide. „Hm!" sagte der Nikolaus, „wo kommst du denn so plötzlich hergeschneit?"
„Aus dem Dorf", erwiderte der Kleine.
„Da will ich gerade hin", sagte der Nikolaus. „Aber das wird wohl heute nichts mehr werden. Sieh dir das mal an! Mein Schlitten ist

zusammengekracht, was soll ich bloß machen?“
„Nimm doch einfach die Säcke auf den Rükken“, riet ihm der Knirps.
„So?“ Der Nikolaus drehte ihm den Rücken zu, „wie viele Rücken habe ich denn?“
„Na, einen!“
„Siehst du?“ Der Nikolaus drehte sich wieder um. „Einen Rücken und zwei Säcke, wie krieg' ich die zusammen?“ Der Knirps machte ein bekümmertes Gesicht: „Ja, da weiß ich auch nicht weiter.“
„Hm“. Der Nikolaus schaute auf die Säcke hinunter, dann auf den Buben. „Sieh mal, der eine Sack ist kaum halb so groß wie der andere“, meinte er. „Könntest du mir den nicht tragen?“
Da kam aber Leben in den Kleinen. „Nein!“ rief er, „ausgeschlossen, ich will meine Mutter treffen. Sie arbeitet in der Stadt. Aber jetzt muss sie schon auf dem Weg nach Hause sein. Ich will ihr entgegengehen.“
„Ja, das sehe ich ein“, der Nikolaus nickte bekümmert mit dem Kopf, „wenn du mit deiner Mutter verabredet bist!“
„Verabredet nicht gerade.“
Das Bürschchen druckste. „Nur!“
„Nur?“ Der Nikolaus lächelte. Ein ganz klein wenig. Er merkte schon, dass da etwas nicht stimmte.
„Ich konnte nicht zu Hause bleiben!“ stieß das

Bürschchen plötzlich heraus, „das musst du mir glauben!“
Wieder nickte der Nikolaus. Ja, er glaube ihm. Aber er bäte ihn herzlich, ihm den kleinen Sack doch wenigstens bis zum Dorfeingang zu tragen. Und er guckte den Knirps so freundlich an, und der guckte zurück, ziemlich lange, und plötzlich sagte er ja.
Ja, bis zum Dorfeingang, aber weiter gehe er nicht.
Ja, dann zogen die beiden los.
Der Knirps mit dem kleinen Sack auf dem Rücken und der Nikolaus mit dem großen.
Den Schlitten ließen sie stehen. Der war nicht mehr zu gebrauchen, das morsche Ding.
Also gingen sie durch den Wald, und der Nikolaus fing wieder an zu singen. Der Knirps fiel sofort ein in das Gebrumm. Oh, der konnte singen!
„Junge“, sagte der Nikolaus, „du hast ’ne feine Stimme. Aber es ist nicht schön, dass ich dich „Junge“ nenne. Willst du mir nicht sagen, wie du heißt?“
„Ich heiße Nikolaus“, sagte der Knirps. „Aber sie sagen alle „Niko“ zu mir“, fuhr der Kleine fort. „Ni – ko – laus“ ist so ein langes Wort. Findest du nicht auch?“
„Ja, doch“. Der Nikolaus gluckste, gluckste ein bisschen in sich hinein und dann sagen sie weiter.
Als sie den Waldrand erreicht hatten und

schon die Lichter des Dorfes vor sich sahen, schaute der kleine Niko zu dem großen Mann auf und fragte, was eigentlich in den Säcken drin sei und wohin sie gebracht werden sollten?

„Oh, darin sind so allerhand Sachen", murmelte der Nikolaus, „und ich muss in verschiedene Häuser. Ach, es wäre so gut, wenn du mich begleiten könntest!"

„Unmöglich", reif der kleine Niko. „Ich gehe nicht mit ins Dorf. Sie haben mich zu sehr geärgert."

„Deine Geschwister?" fragte der Nikolaus. „Hast du viele?"

„Ja", platzte das Bürschchen heraus, „aber am schlimmsten ist meine große Schwester. Ich hab' sie bloß ein bisschen geschubst, als sie mit der vollen Kakaokanne kam, und da hat sie mir gleich eine Ohrfeige gegeben und gesagt, sie werde schon dafür sorgen, dass der Nikolaus, wenn er heut' käme, mich tüchtig mit der Rute verhauen würde. Und das wollte ich nicht."

„Verstehe!" sagte der Nikolaus. Und dann musste er seinen Sack in den Schnee stellen, weil er so furchtbar lachen musste. Er lachte in einem fort. Er konnte gar nicht wieder aufhören.

„Was lachst du denn so?" Der kleine Niko starrte den Nikolaus entgeistert an.

„Ich lache!“ rief der japsend, „ich lache, weil ich an die vielen Ruten denke, die ich haben müsste, wollte ich all’ die Buben verhauen, die ihre Schwestern mal mutwillig ein bisschen schubsen. Oh, oh, ganze Wälder müsste ich da abholzen!“
Als dem Nikolaus diese Worte herausgefahren waren, fiel es dem kleinen Niko wie Schuppen von den Augen. Er merkte endlich, wen er da vor sich hatte. – Da ließ er, genau wie der Nikolaus, den Sack in den Schnee plumpsen und jagte wie ein Hase in den Wald.
„Halt! Kleiner Nikolaus!“ rief der Große, „du wirst mich doch nicht im Stich lassen!“
Ach, war der große Nikolaus froh! Langsam, Schritt für Schritt kam der kleine Nikolaus zurück. Und der große rief ihm zu, dass er gar keine Rute bei sich habe, denn es sei ihm zu Ohren gekommen, dass die Kinder im Dorf hinterm Wald leidlich brav seien.
Da seufzte der kleine Niko erleichtert auf und der große Nikolaus erst recht, weil das Bürschchen den Sack wieder aufnahm. Ja, und dann zogen sie weiter und sie sangen auf dem ganzen Weg.
Als sie im Dorf ankamen, ging der kleine Niko weiter mit. Und alle warteten schon auf den Nikolaus. Die Leute wunderten sich sehr, dass er dieses Jahr einen Helfer mitbrachte. Als sie aber näher zusahen, wurden ihre Augen

so groß wie Teetassen und sie riefen: „Aber das ist ja unser kleiner Niko!“
Und alle freuten sich, die Kinder sagten ihre Sprüche her und bissen herzhaft in die lekkeren Lebkuchen, die der große und der kleine Nikolaus ihnen gebracht hatten.
Endlich waren die Säcke fast leer und die beiden gingen zum Haus, in dem der kleine Niko wohnte. Aber dort stand niemand zum Empfang bereit. Die ganze Familie war auf der Suche nach Niko und sie reifen nach ihm, die einen im Garten, die anderen im Stall.
Am lautesten aber rief die Mutter. Sie war inzwischen auf einem anderen Weg nach Hause gekommen und als die beiden Nikolause in die Wohnstube traten, hatte sie gerade den Kopf unter das Sofa gesteckt und rief: „Niko, mein kleiner Niko, wo steckst du bloß?“
„Hier, Mutter“, sagte der kleine Nikolaus und zupfte die Mutter am Rock.
Da kam sie aber schnell auf die Beine. Nachdem der große Nikolaus ihr erzählt hatte, wie sich alles zugetragen hatte, lachte sie und holte schnell die anderen Kinder herbei.
Es war noch genug in den Säcken, alle bekamen reichlich. Aber der kleine Nikolaus bekam das Beste, was der große Nikolaus hatte: ein kopfgroßes Lebkuchenherz, ganz mit Schokolade drumherum.

Der Schneeball

Es war ein Hof ganz ähnlich wie der, wo ich als Junge aufgewachsen bin.
Als ich mir die Kellerwohnung ankuckte und den Kopf aus dem Fenster steckte, hatte ich ihn direkt vor meiner Nase und dahinter die hohe, schwarze Brandmauer. Im rechten Winkel dazu die Hinterseite des Hauses Alte Twiete 23. Daran klebten lauter Balkons mit Wäscheleinen und Kohlenschütten drauf.
Und leeren Blumenkästen; denn es war ja Winter, als ich meine Stelle als Hauswart antrat.
„Komisches Datum! Dreiundzwanzigster Dezember! Wie kann man da umziehen!" sagte mein Freund Kuddel. Der vom Hafen. Und dann sagte er noch: „Na, ich komm' und helf' dir, John!" Das tat er denn auch. – Als wir den Rummel mit dem Umzug hinter uns hatten und er die Hände unter den Wasserhahn hielt, da sagte er noch: „Komm morgen Abend zu uns, John. Stine meint es auch." „Mal sehn, Kuddel," sagte ich, „mal sehn."
„Is' gut, John," sagte er. „Du weißt ja, bei uns auf'm Hausboot ist die Luke immer offen." Er stieg die zwei Stufen rauf, machte die Tür auf und ging quer über den Hof. Mit seinem komischen Gang. Wie `ne alte Jolle; immer 'n bisschen schief gegen den Wind.

Er war schon längst nicht mehr zu sehn, da stand ich immer noch an dem speckigen Fenster. Vom Hafen rüber kam es: „Tuut“, „Tuut“. Ich stand da wie ’n Pfau und rührte mich nicht. „John“, redete ich mir zu wie ’nem widerborstigen Gaul, „John, was stehst du hier rum in Dreck und Speck. Nu rühr dich doch, Mann! Musst doch den ganzen Kram noch aufräumen!“ Aber der alte John tat es einfach nicht. Der Kerl war müde, so müde, dass er sich nicht mal hinsetzen mochte. „Tuut, Tuut.“ ‚Ascheimer, Teppichstange, Brandmauer, Brandmauer, Teppichstange, Ascheimer. Gleich wird es dunkel, dachte ich, da ging drüben an der Hinterseite von Alte Twiete 23 die Haustür auf. Ein kleiner Junge – er war so klein, dass er die Tür man grade mit Mühe aufkriegte – quetschte sich durch den Spalt und stellte sich mit dem Rücken an die Hauswand. Er sah aus wie ’n kleiner Butt, stand ganz still und kuckte mit seinen hervorstehenden Augen in die Gegend. Dass er mich und mein Kellerfenster auf’m Kieker hatte, merkte ich erst, als der nächste kam. Das war ’n langer Lulatsch, dem die Haare ins Gesicht hingen. Er riss die Tür mit einem Ruck auf, ließ sie mit einem Knall wieder ins Schloss fallen, setzte sich mit übergeschlagenen Beinen neben den Kleinen auf den Boden und starrte zu mir rüber.
„Dass du dir man nicht den Pöker verkühlst“,

dachte ich, da kam schon wieder jemand. Ein Mädchen. Dick wie ’n Butterlecker. Sie schwang sich rittlings auf das Geländer der Kellertreppe, steckte eine lange rote Zuckerstange in den Mund, lutschte und – starrte ebenfalls zu mir rüber.
„Das ist ja ’n Ding!“ dachte ich und kam langsam in Bewegung. Wieder ging drüben die Tür auf. Ich sah das Verdeck von einem Kinderwagen. Dahinter das magere Gesicht von einem schwarzhaarigen Mädchen. Sie hatte einen langen Zopf, der ihr über die linke Schulter nach vorn baumelte. Das Mädchen schob den Wagen raus und reihte sich ein. Zuerst stand sie still, guckte wie die anderen immer zu mir rüber. Dann fing das, was im Wagen lag, an zu brüllen, und sie schob den Wagen sachte vor und zurück, vor und zurück. Jetzt wurde ich richtig neugierig. Konnten sie mich eigentlich sehen? Ich ging ganz nahe an das Fenster ran. Aha! Der kleine Junge hob den Arm und deutete mit dem Zeigefinger auf mich. Alle guckten mich stumm an. Jetzt flog die Haustür noch mal auf, und ein Junge mit einem Roller schoss raus. Die anderen wollten ihn aufhalten, aber er sauste an ihnen vorbei und fuhr mit Radau kreuz und quer auf dem Hof rum. Na endlich! Ich drehte mich um, knipste Licht an und fing an, ein bisschen aufzuräumen. Hin und wieder schielte ich nach draußen. Die erste, die sich in Bewe-

gung setzte, war das Mädchen mit dem langen schwarzen Zopf. Sie trippelte mit vorsichtigen Schritten drüben an der Hauskante entlang und schob den Kinderwagen vor sich her. Anfangs ließ sie mein Fenster nicht aus den Augen, aber allmählich kriegte ich bloß noch hin und wieder einen Blick. Ich machte das Radio an und hörte, dass wir 'ne weiße Weihnacht kriegen würden. Na, denn man zu! dachte ich. Und ich fand es eigentlich ganz schön, dass ich nun unter Dach und Fach war und nicht mehr im Zug stehen und bei Schneetreiben den Dreck aus den Straßenbahnschienen polken musste. Eigentlich ganz schön. Und dann tutete es wieder vom Hafen. Und draußen auf dem Hof war es auch nicht mehr so still. Ich hörte die Mädchen lachen, und als ich rausguckte, hing der lange Lulatsch mit seinen Affenarmen an der Teppichstange, schaukelte hin und her und rief irgendwas zu einem der Fenster rauf. Seine Stimme hatte was von einem jungen Gokkel, er war wohl gerade im Stimmbruch.
Ich drehte mich um, schlug einen Nagel in die Wand und hing meinen alten, fleckigen Spiegel daran, den ich immer zum Rasieren brauch! Als ich zufällig reinguckte, sah ich, dass ich grinste. Da grinste ich gleich noch 'n bisschen mehr.
Und dann trat ich ans Fenster und sah die ersten Flocken fallen. Da kam ich erst richtig

in Fahrt und wühlte mich wie ’n Maulwurf durch all meinen Kram. Und als ich wieder mal rausguckte, lag auf dem Hof schon ’ne dünne, weiße Schneedecke. Na, dann krieg ich ja bald Arbeit, dachte ich. Ich nahm mein Namensschild und ging raus, um es an der Tür festzumachen. Kaum war ich draußen, wurde es wieder still auf dem Hof. Das Schild von meinem Vorgänger, Karl Bär, steckte noch in dem kleinen rechteckigen Rahmen. Es ging schwer raus und während ich daran rumfummelte, schielte ich nach drüben.
Die Kinder standen im Trupp vor der Haustür. Sie verfolgten jede meiner Bewegungen. Endlich hatte ich das Schild von dem Karl Bär raus und steckte meins rein. Es schneite jetzt tüchtig. Der Schnee lag schon wie ’n weißer Pelz auf dem Hof. Ich guckte hoch. Und die Brandmauer hinter dem weißen Gewirbel war meine Brandmauer von früher, und ich merkte, wie ich mich bückte und wie meine Hände einen Schneeball formten. Nicht zu fest und nicht zu weich; ich wog ihn ein bisschen in der rechten Hand, dann hob ich den Arm und warf ihn mitten in die Bande. Zuerst standen sie alle starr, und der kleine Junge, der aussah wie ’n Butt, wollte weglaufen. Aber das Mädchen mit der Zuckerstange kriegte ihn beim Kragen und hielt ihn fest. Sie zeigte mit dem dicken Zeigefinger nach mir: „Er lacht ja, der lacht ja!“ schrie sie. Dann schrien sie

alle, und auf einmal waren wir mitten in der wildesten Schneeballschlacht. Mann! Was flog mir da alles in Hals und Nacken! Ich kam gar nicht dagegen an.

Aber plötzlich war das Mädchen mit dem langen Zopf neben mir. Sie hatte den Kinderwagen in den Hausflur gestellt. „Immer alle gegen einen, das is' gemein," sagte sie und half mir, und die Schneebälle flutschten ihr nur so aus der Hand. Als der erste Schneeball gegen eins der Fenster in der Alten Twiete Nr. 23 flog, guckten wir uns alle ein bisschen ängstlich an. Aber als nichts weiter passierte, grinsten wir alle und ich wischte mir die Hände an der Hose ab. „Mann in de Tünn!" sagte ich, „nu hab' ich ja ordentlich Durst gekriegt. Ob mir mal einer 'ne Buddel Bier holt?"

„Ich!" schrien der kleine Butt und der lange Lulatsch gleichzeitig. Es sah aus, als ob sie aufeinander los wollten: „Ach, Jungs," sagte ich, „mein Durst reicht für 2 Buddels." Ich gab jedem 'ne Mark und sie zogen beide los.

Unterdessen war oben im dritten Stock ein Fenster aufgemacht worden. Eine Frau rief nach dem dicken Mädchen. „Die mit ihrer Zuckerstange," sagte der Junge, als das Mädchen im Hauseingang verschwunden war. „Morgen zu Weihnachten, krieg ich was viel Besseres!" Er packte seinen Roller und verschwand ebenfalls. Plötzlich war der Hof leer.

Langsam ging ich durch den Schnee. Aber es war doch noch jemand da. Vor meiner Tür stand eine kleine gebückte Gestalt. Es war das Mädchen mit dem langen schwarzen Zopf. Sie war dabei, meinen Namen zu studieren. „Ach, Sie sind das," sagte sie, als ich hinter sie trat und richtete sich auf. „Jetzt weiß ich auch, wie Sie heißen," sie zwirbelte das Zopfende um ihren linken Daumen und guckte auf den Schnee zu ihren Füßen.
„Dass wir Sie zu Weihnachten gekriegt haben!" murmelte sie. „Der Vorige hat ümmer so geschümpft!" Sie warf mir einen scheuen Blick zu, warf den Zopf über die Schulter zurück und lief an mir vorbei über den Hof.

Der Vogelpepi

Schon fünf Tage vor Weihnachten war dem Vogelpepi das kleine Mädchen aufgefallen. Da war es wohl zum ersten Mal auf dem Stuttgarter Weihnachtsmarkt erschienen.
Seitdem stand es jeden Nachmittag um eine bestimmte Zeit vor seiner Bude. Natürlich standen viele Kinder da. Die meisten hatten glänzende Augen. Kein Wunder! Erklang doch mitten im frostigen Winter der schönste Gesang, wenn Vogelpepi einen der bunten, künstlichen Vögel an die Lippen setzte und in das Schwanzende hineinblies. Aber die anderen Kinder kamen und gingen; dieses kleine Mädchen mit dem roten Kopftuch stand jeden Tag wieder da, immer an derselben Stelle und schaute beharrlich zum Vogelpepi auf.
Merkwürdig, dachte der Vogelpepi, wenn sein Blick mitten in seinem Pfeifkonzert, seinen Späßen und Schnurren, mit denen er die Leute zum Kauf der glitzernden Vögel anlockte, dem Blick des Mädchens begegnete; merkwürdig. Er hatte aber viel zu viel um die Ohren, als dass er sich weiter mit dem Mädchen hätte beschäftigen können.
Nur abends, wenn er in seinem Wohnwagen saß und behaglich seine Pfeife schmauchte, sah er manchmal im Geiste das Mädchen vor sich, wie es dastand, die runde, eigensinnige

Stirn von dem roten Kopftuch eingerahmt, die kleinen Hände in die Taschen des dicken, blauen Mantels gestemmt und zu ihm hinaufschaute.

Ich sage: „hinaufschaute", denn der Pepi stand, damit ihn alle Kinder bei seinen Darbietungen sehen konnten, hoch oben auf einer Trittleiter, direkt vor seiner Bude, wo alle die bunten, glitzernden Vögelchen aufgereiht waren.

Unterdessen war der dreiundzwanzigste Dezember herangekommen. An diesem Tag, so kurz vor Weihnachten, wo jeder noch schnell etwas kaufen will, gab es besonders viel Arbeit auf dem Weihnachtsmarkt. Der Vogelpepi pfiff sich die Lippen wund; er machte ein gutes Geschäft. Endlich, es war schon ziemlich spät, wurde es stiller in der Budenstadt. Nur bei den Würstchenständen trieben sich noch ein paar junge Burschen herum. Müde schloss der Vogelpepi seine Bude ab und ging die wenigen Schritte zu seinem Wohnwagen. Ehe er das Treppchen hinaufstieg, das in seine Behausung führte, schaute er sich noch einmal um.

Der Rathausturm und der Kirchturm der schönen, in Rebhügeln eingebetteten Stadt, ragten hoch und ernst in den dunklen Winterhimmel. Der Vogelpepi schnupperte. Die Luft schmeckte nach Schnee. „Da kommt noch was runter!", sagte er und stapfte das Treppchen

hinauf. Er schloss die winzige Wohnwagentür auf, bückte sich und trat zufrieden ein.
Als der Vogelpepi gegessen hatte und sich gerade seine Pfeife anzündete, klopfte es an der Tür, und herein kam Mustafa. Das war ein schmächtiger Mann mit einem großen Schnauzbart und einem noch größeren roten Fez auf dem Kopf. Eigentlich hieß er Heinrich Müller. Aber wenn man schon türkischen Honig verkauft, muss man doch wenigstens etwas Türkisches an sich haben, und so hatte Heinrich Müller sich also den Namen „Mustafa“ zugelegt. Mustafa trank gern Grog, er hatte ein bisschen Rum mitgebracht.
Als der Vogelpepi gerade den Teekessel aufsetzte, um den Rum zuzubereiten, klopfte es wieder an die Tür. „Komm nur herein, Wanda!“ rief der Vogelpepi, ohne den Kopf zu wenden. Aber Wanda hatte sich schon durch die Tür geschoben und auf den einzigen freien Stuhl gesetzt. Der Stuhl reichte nicht ganz aus, Wanda von der Schießbude saß darauf wie ein Pfannkuchen, der ein wenig über den Pfannenrand quillt.
Es klopfte noch einige Male an Pepis winzige Tür, nicht zu glauben, wie viele Menschen in dem Wohnwagen Platz hatten. Weil es keine Stühle mehr gab, saßen sie auf Vogelpepis Bett; Alois, der Mann aus der Bude mit den schönen, aus Goldpapier geschnittenen Engeln und Sternen, Rosa, die Frau aus dem

Lebkuchenherzenhäuschen, und das Ehepaar Krumpel, das rosa Puppen und braune Teddybären feilbot und kleine Mäuse, die, wenn man sie aufzog, flink und schnurrend im Kreis herumflitzten.
Der Vogelpepi schmunzelte: Da sitzen sie alle, meine lieben Nachbarn, wie die Vögel auf der Stange, dachte er, und das machte ihn so vergnügt, dass er schnell einen kleinen Triller ausstieß. Da klopfte es noch einmal an die Tür. Nanu? Dachte der Vogelpepi, wer kann das sein? Wir sind doch alle beisammen. Und Wanda rief: „Herein!"
Ein klein wenig öffnete sich die Tür, nur einen Spalt. Durch diesen Spalt lugte ein Kindergesicht: eine runde, eigensinnige Stirn, muntere, braune Augen, frische, von der Winterluft gerötete Wangen, in die eine blonde Haarsträhne fiel, alles eingerahmt von einem roten Kopftuch.
„Nanu!", sagte der Vogelpepi, und alle, die auf dem Bett saßen, sagten auch: „Nanu!"
Dann schwiegen alle, auch das kleine Mädchen schwieg. Es machte auch die Tür nicht weiter auf. Es stand still und starrte den Vogelpepi an. Immerzu.
Endlich brach der Vogelpepi das Schweigen. „Dich kenn' ich doch!" Er zwinkerte dem kleinen Mädchen zu. Die dicke Wanda wollte aufstehen und das kleine Mädchen hereinholen. Aber der Vogelpepi schüttelte den Kopf.

„Nun?" Der Vogelpepi lächelte, „und was willst du hier so spät am Abend?"
Das kleine Mädchen schluckte. „Pfeif mal!" stieß es heraus. Da lächelte der Vogelpepi, und dann fing er an zu pfeifen. Zwar waren die bunten Vögelchen alle in der abgeschlossenen Bude, aber er konnte es auch ohne sie. Er spitzte die Lippen, und dann ging es los. Zuerst kam der Ruf der Goldammer an die Reihe. Das kleine Mädchen lächelte. Der Vogelpepi ging über zum Schlag des Buchfinken. Jetzt, immer noch pfeifend, machte er den rechten Zeigefinger krumm und winkte das kleine Mädchen heran.
Langsam schlüpfte es durch den Spalt, schloss die Tür hinter sich; langsam ging es auf den Vogelpepi zu. Drei Schritte vor ihm blieb es stehen. Der Vogelpepi unterbrach sein Konzert: „Nun?" Das kleine Mädchen holte tief Luft: „Du bist der Vogelpepi."
„Ja. Der bin ich. Und wer bist du?"
„Irmela. Fünf Jahre. Auerbachstraße 9."
„Nun, Irmela, es ist schon spät. Bist du nicht müde?"
Irmela schüttelte den Kopf. „Kein bisschen."
Der Vogelpepi blickte fragend in die Runde. „Was macht man mit einem Mädchen, das nicht müde und einfach von zu Hause weggelaufen ist? Denn, weggelaufen bist du doch, nicht wahr?"

„Ja." Irmela sah dem Vogelpepi gerade in die Augen.
„Aber Kind!" Die dicke Wanda schlug die Hände zusammen, „denkst du gar nicht an deine Mama? Sie wird sich schrecklich ängstigen."
Irmela schaute an der dicken Wanda vorbei. „Ich hab' keine Mama."
„Aber", fiel der Vogelpepi ein, „dann wird sich dein Papa ängstigen."
Irmela schaute die Wand an. „Ich hab' keinen Papa. Aber ich hab' Tante Emily und Tante Justine. Und dann hab' ich Großmutter. Aber ein Großvater fehlt mir. Deshalb wollte ich mir einen zu Weihnachten besorgen. Es wäre so schön, wenn du kämst und mein Großvater wärst. Mein Vogelgroßvater. Nur zu Weihnachten."
Die dicke Wanda von der Schießbude schaute den Vogelpepi an, der Vogelpepi den Alois von den Goldengeln, der Alois von den Goldengeln die Rosa vom Lebkuchenherzenhäuschen, Rosa vom Lebkuchenherzenhäuschen das Ehepaar Krumpel mit den flitzenden Mäusen und den braunen Teddybären. Man sah ihnen an, dass sie alle ziemlich ratlos waren; denn ein kleines Mädchen mit einem roten Kopftuch, das sich einen Großvater zu Weihnachten besorgen wollte, war ihnen noch nicht vorgekommen.
Als erster fand Mustafa die Sprache wieder.

„Mein kleines Fräulein Irmela", sagte er, „da gehst du einfach abends durch die Straßen, um dir einen Großvater zu besorgen. Denkst du denn gar nicht an deine Großmutter?"
„Und an meine Tanten", rief Irmela. „Sie wissen ja nicht, dass ich ausgerissen bin. Sie sitzen alle drei zu Hause im großen Zimmer und packen Geschenke ein. Die soll ich morgen bekommen. Und Tante Justine will später noch backen.
Jetzt haben sie sich aber eingeschlossen, und das Schlüsselloch haben sie noch extra verstopft. Damit ich nichts sehen kann. Ich gucke nämlich manchmal durchs Schlüsselloch."
Der Vogelpepi schmunzelte. „Ich habe mir doch gleich gedacht, dass du ein ehrliches Mädchen bist, Irmela!"
„Nicht wahr, du magst mich", rief Irmela, „ich dich auch. Deshalb wollte ich dich ja auch fragen, ob du uns nicht morgen besuchen könntest. Das wäre eine so feine Weihnachtsüberraschung für Großmutter. Sie kennt dich auch vom Weihnachtsmarkt, sie ist bestimmt froh, wenn du morgen kommst! Sie sagt immer, wenn sie denkt, ich höre sie nicht: ‚Das arme Kind. Es braucht einen Vater. Oder wenigstens einen Großvater.' Wie ist es nun, kommst du? Und bringst du all die Vögel mit, die du im Mund hast?"
Mustafa mit dem türkischen Honig räusperte sich, und Rosa, die Frau vom Lebkuchenher-

zenhäuschen sagte: „Der Vogelpepi kann nicht zu dir kommen, Kleine. Er feiert Weihnachten immer mit uns."
„Wir würden ihn sehr entbehren", warf Alois mit den Goldengeln ein.
„Ja!" rief das Ehepaar Krumpel mit den flitzenden Mäusen.
Irmela blickte sie alle der Reihe nach an. „Dann kommt doch alle mit. Ich lade euch ein."
Die Leute vom Weihnachtsmarkt schüttelten bedenklich die Köpfe.
Sie fanden, dass Irmela wirklich einen Vater oder Großvater brauche. „Hör zu, Irmela", der Vogelpepi stand auf, „ich werde dich jetzt nach Hause bringen und mit deiner Großmutter sprechen."
„Aber dann ist es doch keine Überraschung mehr!" „Still, du musst mir zuhören. Vor allem merke dir: ein kleines Mädchen läuft nicht einfach fort zu fremden Menschen. Still! Wanda von der Schießbude und ich werden dich nach Hause bringen. Wir werden klingeln und deiner Großmutter die Wahrheit sagen. Wie können wir sonst wohl vergnügt Weihnachten feiern?"
Das Mädchen mit dem roten Kopftuch wollte schon den Mund aufmachen, aber der Vogelpepi blickte es so ruhig an, dass es den Mund schnell wieder zuklappte. Die dicke Wanda ging nun als erste das Treppchen hin-

unter, es folgte der Vogelpepi, zuletzt kam Irmela. Und der Vogelpepi und Wanda von der Schießbude nahmen das kleine Mädchen bei der Hand und ließen sich führen.
Ein Weilchen gingen sie zu ebener Erde dahin, dann klommen sie eine schmale Straße hinauf, die sich zwischen Weinbergen dahinschlängelte, und standen bald darauf vor einem schönen Haus. Es lag in einem großen Garten. In dem Haus war nur ein einziges Fenster erleuchtet. „Die Küche!" Irmela streckte den rechten Zeigefinger aus, „jetzt sind sie alle drei in der Küche. Wetten, dass sie jetzt Lebkuchen und Marzipan und Quittenbrot und Mandarinen auf die Weihnachtsteller füllen?"
„Nanu?" Wanda von der Schießbude zog ihren Mantel am Hals zusammen, denn plötzlich, als hätte jemand einen Riesensack aufgeschnitten, wirbelten eine Menge Schneeflokken vom Himmel. „Schnee, Schnee!" Irmela stieß die Pforte auf und sprang die Stufen zur Haustür hinauf. Die anderen folgten ihr. Irmela klingelte. Gleich darauf hörte man eine Tür gehen, Stimmen, dann wurde die Haustür geöffnet.
Eine große Frau mit grauem Haar und braunen Augen stand auf der Schwelle.
„Großmutter!" rief Irmela.
„Irmela!" Beim Anblick der beiden anderen schneebepuderten Gestalten wurden die Au-

gen der Großmutter noch ein bisschen größer. Sie sagte: „Wir sind gerade in der Küche, wenn ich Sie bitten dürfte, mitzukommen." Sie ging voran. Der Vogelpepi und Wanda von der Schießbude gingen zögernd hinterher. Irmela machte die Haustür zu.

Die Küchentür war nur angelehnt. Die Großmutter machte sie weit auf, stellte sich in den Türrahmen, und als Irmela mit den Gästen auftauchte, rief sie: „Emily, Justine, kocht Kaffee. Wir haben Besuch. Irmela hat ihn mitgebracht."

„Irmela?" Tante Justine ließ vor Schreck ein paar Marzipankartoffeln über die Fliesen kollern, „die liegt doch im Bett und schläft."

„Guck, wie sie schläft", sagte die Großmutter und gab die Tür frei.

Die Tanten stießen einen Schrei aus, eine hoch, die andere tief.

Aber die Großmutter machte eine einladende Handbewegung.

„Irmela hat den berühmten Vogelpepi mitgebracht. Und noch eine Dame vom Weihnachtsmarkt. Wie ist doch, bitte, Ihr Name?"

„Wanda, Wanda von der Schießbude. Sie sollten mich mal besuchen!"

„O ja", rief die Großmutter entzückt, „ich kenne Ihre reizende Schießbude. Ich bin ja vorige Woche mit meiner Enkelin auf dem Weihnachtsmarkt gewesen. Wissen Sie nicht mehr? Ich hab' doch auf den Trommler in Ihrer Bude

geschossen. Er trommelte ganz prächtig. Und ich habe doch die Puppe in rosa Tüll gewonnen!"
„Ach, Sie sind das?", Wanda strahlte. „Wie schön! Sie waren mir gleich so sympathisch."
„Das beruht ganz auf Gegenseitigkeit", sagte die Großmutter. „Bitte nehmen Sie Platz! Der Kaffee ist gleich fertig."
Die Großmutter lief geschäftig hin und her. Sie stellte Tassen auf den Tisch, holte Plätzchen, kurz, sie tat so, als seien Wanda von der Schießbude und der Vogelpepi ein lang erwarteter Besuch.
Irmela stand ein bisschen abseits. Die Großmutter schwatzte mit dem Vogelpepi, Tante Emily und Tante Justine mit der dicken Wanda. Irmela wurde plötzlich müde. Und traurig. „Großmutter!", rief sie, „ich will zu Bett!"
„Ja", rief die Großmutter, „geh nur! Aber vergiss nicht, dein Kopftuch abzunehmen. Du hast es noch immer um den Kopf."
„Großmutter", sagte Irmela, „du tust, als wäre ich gar nicht da. Du redest immer nur mit dem Vogelpepi. Dabei habe ich ihn doch besorgt."
„Stimmt", sagte die Großmutter, „und darüber freue ich mich sehr. Aber nur auf der rechten Seite. Auf der linken bin ich traurig."
„Oh, Großmutter!" Plötzlich schossen Irmela die Tränen aus den Augen, „ich weiß, ich hät-

te nicht mit fremden Leuten gehen dürfen!"
„Nein", sagte die Großmutter, „denn nicht jeder ist ein Vogelpepi. Oder eine so reizende Dame wie Frau Wanda."
„Es tut mir leid, Großmutter!"
„Ich weiß", sagte die Großmutter. „Ich bin auch mal ein kleines Mädchen gewesen. Und auch ich bin von zu Hause weggelaufen. Auch kurz vor Weihnachten. Ein einziges mal. Hörst du, Irmela? Nie wieder!"
„Nie wieder, Großmutter! Aber," Irmela wischte sich die Tränen von der Backe, „was wolltest du dir denn damals besorgen?"
„Ich? Einen Bernhardinerhund. Ich wollte so gern einen haben und darauf zur Schule reiten."
„Schön". Irmelas Augen glänzten, „und hast du einen gekriegt?"
„Nein. Ein paar hinten drauf habe ich gekriegt. Denn weder damals noch heute sollten kleine Mädchen weglaufen und sich etwas besorgen, ohne vorher mit den Erwachsenen zu sprechen."
„Das wollte ich ja, Großmutter. Nur eben hinterher. Es sollte ja eine Überraschung werden. Ich wollte den Vogelpepi gern zu Weihnachten einladen. Und wenn der Tannenbaum brennt, sollte er dazu Nachtigall und Drossel und Star und alle Vögel, die er kennt, flöten. Wäre das nicht schön?"
„Wunderschön!" Die Großmutter dachte nach.

„Zuerst käme natürlich: O Tannenbaum. Ja, und dann all die hübschen Vogelstimmen. Das wäre wirklich ein prächtiges Weihnachtsfest. Und so wird es auch gemacht.“
Irmela wollte gerade der Großmutter um den Hals fallen, als der Vogelpepi das Wort nahm. „Meine Dame!“, sagte er und erhob sich feierlich, „ich danke ihnen sehr für ihre freundliche Absicht. Leider aber, meine Dame, ist es so, dass ich nicht kommen kann. Wanda von der Schießbude und Mustafa mit dem türkischen Honig und Rosa vom Lebkuchenherzenhäuschen und Alois mit den Goldengeln und das Ehepaar Krumpel mit den Teddybären und den flitzenden Mäusen sind jedes Jahr Weihnachten bei mir zu Besuch. Sie wären bestimmt sehr traurig, wenn ich sie dieses Jahr nicht einladen würde.“
„Dann bringe sie doch alle mit!“ rief Irmela. „Nicht wahr, Großmutter, das wäre fein.“
„Ja, wahrhaftig“ rief die Großmutter vergnügt, „das wäre fein! Schüttle nicht den Kopf, Justine, und du, Emily, hol’ lieber, anstatt die Augen aufzureißen, das letzte Kuchenblech aus dem Ofen. Es wäre für uns alle ganz herrlich, Weihnachten einmal das Haus voll zu haben.“
„Ach, meine Dame!“ rief der Vogelpepi, „ich möchte Sie nicht enttäuschen. Wirklich, Sie haben es wunderschön hier! Aber Weihnachten in meinem Wohnwagen gibt es nur ein-

mal. Und deshalb“ – der Vogelpepi holte tief Luft, soviel etwa, wie er brauchte, um den langen Nachtigallentriller durchzuhalten – „deshalb möchte ich Sie bitten, uns Weihnachten die Ehre zu geben und mit der kleinen Irmela bei mir zu erscheinen. Tannenbaum, Vogelgezwitscher, Heringssalat, alles wird geboten. Wozu ich bemerken muss, dass Wanda den Heringssalat so köstlich zuzubereiten versteht, wie kein Mensch auf der ganzen Welt.“
Nachdem der Vogelpepi diese kleine Rede gehalten hatte, herrschte ein Weilchen Stille. Dann wollte die Großmutter etwas sagen. Aber Irmela machte einen Luftsprung, riss das Kopftuch ab, hüpfte der Großmutter auf den Schoß, schlang die Arme um ihren Hals und rief: „Großmutter, du bist die Liebste! Und wie schade, dass wir keinen Bernhardinerhund haben. Dann könnten wir, du und ich, morgen zum Vogelpepi auf den Weihnachtsmarkt reiten.“ Da musste sogar Tante Justine lachen und Tante Emily auch, und Wanda von der Schießbude schüttelte es nur so. Der Vogelpepi fing vor Vergnügen an zu pfeifen wie ein Star, und der Teekessel pfiff auch, und mitten in all diesen Lärm hinein, sagte die Großmutter: „Herr Vogelpepi, ich weiß Ihren Familiennamen nicht, aber ich möchte Ihnen nur sagen, Herr Vogelpepi, wir kommen, Irmela und ich, wir kommen!“
„Und wir?“ rief Tante Emily mit ihrer höch-

sten Stimme, „wir sollen wohl daheim bleiben?“

„Nein!“ Tante Justine brummte wie ein Eisbär, „Weihnachten bleibe ich nicht ohne meine Familie.“ „Aber meine Damen!“ Der Vogelpepi strahlte, „Sie kommen natürlich auch. Wanda macht noch zwei Portionen Heringssalat mehr. Auch sonst brauchen Sie sich keine Sorgen zu machen. Sie glauben ja nicht, wieviel Platz es in einem Wohnwagen gibt.“

Der Vogelpepi hatte recht. Das stellte sich am Weihnachtsabend heraus. Sie hatten alle im Wohnwagen Platz. Allein auf Vogelpepis Bett, das mit einem hübschen bunten Teppich bedeckt war, saßen vier Personen: Tante Justine und Alois von den Goldengeln, Tante Emily und Mustafa mit dem türkischen Honig. Die Großmutter saß natürlich in dem einzigen Sessel, den es bei Vogelpepi gab, Irmela auf der Kommode und das Ehepaar mit den Teddybären und den flitzenden Mäusen und Rosa vom Lebkuchenherzenhäuschen und der Vogelpepi saßen auf Kissen und Klappstühlen. Wanda von der Schießbude saß überhaupt nicht. Sie ging feierlich umher und verteilte köstliche Geschenke: Tante Emily bekam zwei tanzende Mäuse, Tante Justine einen Teddybären, Großmutter einen Goldengel und türkischen Honig und Irmela türkischen Honig und Mäuse und Teddybären und

einen Goldengel, alles zusammen. Dann zündete der Vogelpepi die Lichter an, und alle sangen: O Tannenbaum.
Als das Lied zu Ende war, winkte der Vogelpepi, sie sollten noch einmal von vorn anfangen. Und er zwitscherte in das Lied hinein, alle möglichen Vogelstimmen, und da war mitten im Winter ein Stückchen Sommer, mit Duft und Blumen. Dann beugte sich der Vogelpepi zu Irmela hinunter und drückte ihr etwas in die Hand. „Meine Dame", sagte er zu dem kleinen Mädchen, „meine Dame, weil ich doch nur einmal im Jahr der Vogelgroßvater sein kann, denn ich bin ja ein Ziehender, lass ich dir meinen liebsten Vogel da.
Es ist die kleine Goldammer. Wenn du es lernst, richtig hineinzupfeifen, singt sie etwas Wunderschönes!"
Als Irmela den goldgrün glänzenden Kunstvogel anschaute, freute sie sich so, dass sie nach Großmutters Hand greifen musste. Dann kam Wanda mit dem Heringssalat, und sie aßen davon, und er schmeckte prächtig. Später gab es Weihnachtspunsch. Irmela durfte auch daran nippen. Und dann erzählte Mustafa von seinen Fahrten durch die weite Welt. Irmela, mit dem Vögelchen in der Hand, schlüpfte hinaus ins Freie. Draußen lag hoher Schnee. Der Weihnachtsmarkt war verödet, die meisten Buden waren schon abge-

brochen. „Schade“, flüsterte Irmela. Da klappte hinter ihr die Tür. Die Großmutter trat heraus.
„Nächstes Jahr kommt der Vogelpepi wieder“, sagte sie. „Dann wird er wieder pfeifen wie der Buchfink, flöten wie die Amsel, schlagen wie die Nachtigall.“
„Ja“, sagte Irmela.
Und während sie mit der Großmutter zu den Fenstern hinüberblickte, die überall in den Häusern unter dem dunklen Nachthimmel leuchteten, umschloss ihre Hand den kleinen, grüngoldenen Vogel.

Die Fahrt nach Jevensand

Ich war damals Schiffsjunge und 'n junger Stint von knapp vierzehn Jahren. Die Fahrt nach Jevensand war erst meine vierte Fahrt auf dem großen Fischkutter. Der Kutter hieß Selma, wie die verstorbene Frau des Schiffers. Mit mir war das damals 'ne komische Sache!

Wenn ich zu Hause in Jütland an Land rumbummelte, war ich wild auf die See, und wenn ich auf See war, kriegte ich oft Heimweh nach Ribe. Da wohnten wir. Und als wir noch am 4. Adventssonntag nach Jevensand rauf sollten, da fing ich an zu maulen. Ich hatte die Vorweihnachtszeit so gern, nicht zuletzt wegen der süßen Happen, die es da immer bei Mutter gab. Aber es half alles nichts, an dem bestimmten Tag musste ich an Bord und Klock drei hatten wir das Schiff klar zur Abfahrt.

Wir standen all an Deck und warteten auf den Schiffer. Mann, waren wir schlechter Laune! Unser Maat, der lange John, holte mit dem Fuß aus und pfefferte einen Eimer übers Deck, dass es nur so bullerte. „Geht Timmersen noch kurz vor Weihnachten auf Dorschfang!"

Wir schimpften alle lauthals mit, mochte Ole Plumm, unser alter Bootsmann, uns auch

hundertmal erklären, dass Timmersen es nach dem Tod seiner erst kürzlich verstorbenen Frau zu Hause einfach nicht aushielte. Wir mussten unsere Wut loswerden. Als der Schiffer jetzt in Sicht kam und den Hafenplatz überquerte, knurrten wir wie eine Meute hungriger Schlittenhunde. Ich, als Jüngster an Bord, strengte mich mächtig an, es den anderen gleichzutun. Das fiel mir gar nicht so leicht, weil ich noch nicht ganz aus dem Stimmbruch raus war und ich krähte schrill wie ein junger Hahn auf dem Mist.
Je näher Tim Timmersen aber kam, desto stiller wurden wir. Zuerst hatte es nur einer gesehen, dann der nächste, der dritte und zuletzt ging es wie ein Windstoß durch die Reihe der Männer: „Was hat er denn da? Was schleppt er denn auf'm Arm?"
Ich riss die Augen auf. „Das ist ja die kleine Sinje! Ich hatte den hellen Haarschopf gesehen, der aus dem dunklen Kapuzenmantel der Kleinen leuchtete.
„Was soll denn die hier auf'm Kutter?" knurrte der lange John.
„Wenn wir in Jevensand fertig sind, will er die Kleine nach Skagen bringen. Da wohnt seine Schwester." Ole Plumm nahm die Pfeife aus dem Mund. „Wo soll er denn sonst hin mit dem kleinen Pummel?"
„So, du weißt ja gut Bescheid!" John pflanzte

sich in seiner ganzen Länge vor Ole Plumm auf.
„Ja, hast du was dagegen?“ fragte Ole ganz gemütlich. In diesem Augenblick kam Timmersen das Fallreep rauf. Als er vor uns stand, sahen wir, dass das kleine Ding schlief. Es sah aus wie ’ne Primel, rosige Backen unter gelbem Haar. Die Männer machten schweigend Platz und der Schiffer winkte mich zu sich heran.
„Lauf runter in die Kajüte, Jung’,“ sagte er. „Häng meine Hängematte auf und schmeiß mein Bettzeug da rein! Sinje schläft in meiner Koje.“ Ich rannte los, und als Timmersen mit der Lütten nachkam, hatte ich schon in seiner Kajüte die Hängematte aufgehängt. „So, und nun hol mal Bettzeug aus ’m Schrank und überzieh es.“
Ich machte alles, was der Schiffer verlangte. Bett beziehen und so ’n Kram, das muss ’n Schiffsjunge können. Timmersen saß unterdessen mit der Kleinen im Arm auf seiner Seekiste. Als ich mit allem fertig war, rieb ich mir die Nase.
„Ja, und nun, Schiffer? Sollen wir die Kleine nicht erst aus den Kleidern pellen, ehe wir sie in der Koje verstauen?“ „Ja, das sollten wir wohl,“ meinte er.
Da fingen wir beide an, die kleine Primel mit unseren klobigen Fingern aus ihrem Zeug zu

schälen, und als Sinje friedlich in der Koje lag, freute ich mich und schlich so leise wie möglich mit meinen knarrenden Transtiefeln hinter dem Schiffer her aus der Kajüte.
Nicht, dass etwa einer denkt, Tim Timmersen sei mit uns auf 'ne Vergnügungsfahrt gegangen! Wir tuckerten mit unserem Kutter die ganze Nacht durch. Ich hatte mit Hein zusammen die erste Wache, und Klock sechs musste ich schon wieder Kaffee auf'm Tisch haben. Klock halb sieben war die Mannschaft schon am Netz.
Aber ich stand nicht mit am Netz. Ich war – o Schande – zum Kindermädchen ernannt worden. Als der Schiffer mir in aller Frühe vor versammelter Mannschaft meine neue Aufgabe zugewiesen hatte – ich war sowieso schon Kartoffelschäler, Kaffeemühlendreher, Schifferstiefelputzer, Bordschrubber, letzter Mann am Netz und Sündenbock für alles - zog ich 'n schiefen Mund wie 'n Schellfisch auf Sand. Aber als ich eine Stunde später mit 'ner großen Blechschüssel voll Wasser und 'nem Handtuch überm Arm in Timmersens Kajüte trat, musste ich grinsen. Saß doch die kleine Sinje in Timmersens Hängematte und schaukelte wild hin und her, so dass die Lampe klirrte und der ausgestopfte stachlige Rochen, der von der Decke baumelte, bloß so zuckte. Ich war perplex! Ich konnte und konnte nicht

begreifen, wie der kleine Pummel in die Hängematte gekommen war.
„Nicht so hoch!“ rief ich, als Sinje sich einen neuen Schwung gab. „Du kippst ja aus der Hängematte!“
Aber Sinje hörte nicht auf mich und schwang sich hoch und höher. Ich wollte zum Tisch und die Schüssel absetzen, Ruck, rammte mich die Hängematte, und das halbe Wasser schwappte aus der Blechschüssel über den Tisch.
„Willst du wohl aufhören, du Krabbe!“ Ich stellte die Schüssel ab, griff in die Maschen der Hängematte und hielt sie an.
„Mehr, mehr!“ schrie Sinje und hopste ungeduldig wie ein Gummiball auf und ab. Ich hatte Angst, sie würde zu Boden purzeln, packte sie mit den Händen um die Mitte und hob sie, obwohl sie zappelte wie ’n Aal, in ihre Koje. „So, da bleibst du sitzen!“
Ich nahm die Waschschüssel, stellte sie auf einen Hocker vor der Koje und stülpte mir einen Waschlappen über die rechte Hand. „So, und nun wirst du gewaschen.“
„Nöh!“ rief Sinje und patschte mit ihrer dikken kleinen Hand ins Wasser. Platsch! Ich war nass, der Hocker war nass, das Bettzeug war nass, bloß Sinje nicht.
„Warte, du Braten!“ Ein spärlicher Rest Wasser bedeckte noch den Boden der Schüssel.

Hitzig fuhr ich mit dem Waschlappen hinein und dann in Sinjes rotbackiges Gesicht. Gab das ein Gebrüll! So klein sie war, wohl knapp vier Jahre alt, so laut schrie sie. Mindestens wie fünfundzwanzig Straßenjungs. Ich konnte mich bloß furchtbar wundern, dass unser strenger Schiffer so 'ne ungezogene Tochter in die Welt gesetzt hatte.

Na, schließlich hatte ich sie mit Mühe und Not angefeuchtet, waschen konnte man das ja wirklich nicht nennen, was ich mit ihr machte. Ich hatte sie auch so einigermaßen angezogen, hatte ja schließlich zu Hause zwei kleine Schwestern. Aber ans Kämmen traute ich mich nicht ran. Ich ließ ihre Haare einfach wie sie waren.

Appetit hatte die! Ich machte ihr Frühstück, und sie aß vier Stück Schwarzbrot dick mit Wurst so in einem weg. Dazu trank sie 'n großen Becher voll Kakao. Als sie mitten im besten Schmatzen war, stand Ole Plumm plötzlich in der Tür. Er guckte sich um, sah die nasse Bescherung, nickte, grinste. Dann blieb sein Blick an Sinjes Haar hängen. „Jung,“ sagte er vorwurfsvoll, „wie sieht denn der Pummel auf'm Kopf aus? Lauter unordentliche Kringel!“

„Ach was,“ sagte ich, „sie hat sowieso Locken, da kommt es doch mit 'm Kämmen nicht so genau drauf an.“

„Das meinst du!“ brummte Ole.

„Ich kann sie aber nicht kämmen,“ trumpfte ich auf. „Mir dröhnen noch die Ohren vom Waschen!“
Ole kam einen Schritt näher. „Jung’, willst du wohl ran mit ’m Kamm? Sonst kriegt sie Läuse, und dann bist du schuld!“ Na, Ole musste wieder an Deck und als er draußen war, fummelte ich mit dem Kamm so ’n bisschen obenhin über Sinjes Kopf, und dann steckte ich den Kamm schnell ganz tief in den Seesack unter ’n Haufen Wäsche.
Nun weiß ich nicht, kam es, weil ich den ganzen Tag mit der Kleinen zu tun hatte, oder kam es daher, dass ich plötzlich an meine Mutter denken musste, ja, sie richtig vor mir sah, wie sie in unserer kleinen Stadt auf ’m Markt stand und Tannenzweige aus ’m großen Haufen Tannengrün rausfischte, kurz, abends, als ich in meine Koje kroch, kniff es mich mal wieder. Das Heimweh! Lacht nicht, es ist wirklich wahr! Es kniff mich!
Aber wahr ist auch, dass ich ’n Pflaster dagegen hatte. Das sah ganz komisch aus. Es war aus abgegriffenem braunen Plüsch, hatte Sägemehl im Bauch, ein Knopfauge, war ziemlich schmuddelig und hieß Knusbak.
Es war mein uralter kleiner Bär. ’ne Schande für ’n Schiffsjungen, ich weiß, doch ich hatte Knusbak vor meiner ersten Ausfahrt tief unten in meine Seekiste gesteckt. Für alle Fälle! Da lag er aber schon längst nicht mehr. Ich

hatte den kleinen Schmuddelbären inzwischen in meinem Strohsack verstaut, auf dem ich oben in meiner Koje schlief. Wollte ihn ja schließlich, wenn's mich kniff, bei der Hand haben, nicht?

Na, an diesem Abend musste Knusbak mal wieder herhalten. Die anderen, die mit mir in der Kajüte hausten, saßen an dem runden Tisch unter der schaukelnden Lampe. Sie klopften Karten und waren ganz in ihr Spiel vertieft. Trotzdem musste ich vorsichtig sein; es war nicht auszudenken, was meine Kumpels mit mir treiben würden, wenn sie sähen, dass ich großer Bengel meinen kleinen Bären mit auf Fahrt genommen hatte.

Ich fummelte so geräuschlos wie möglich außen an dem Strohsack herum. Knusbak war wohl verrutscht; ich fand ihn nicht. Endlich spürte ich etwa in der Mitte des Sacks was Festes, dass musste er sein. Ich fing an, den Sack – er war am Kopfende mit einem Tau zugebunden – vorsichtig aufzumachen und fuhr mit dem rechten Arm tief ins Stroh, wobei ich die Kartenspieler nicht aus den Augen ließ. Die achteten aber gar nicht auf mich. Sie pafften und brüllten und hauten ihre Buben und Asse auf den Tisch und manchmal auch ihre Fäuste.

Ich weiß nicht, ob die anderen es schon gemerkt hatten, dass die See unruhiger geworden war. Mich jedenfalls überraschte das jähe

Schlingern des Schiffes derart, dass Knusbak, den ich gerade glücklich an einem Ohrzipfel erwischt hatte, mir aus der Hand geschleudert wurde und in hohem Bogen mitten auf den Tisch zwischen die Karten flog.
Als ich meinen kleinen Schmuddelbären da unten auf dem Tisch zwischen Geld und Karten und Aschenteller hin- und herrutschen sah, dachte ich, nun geht die Welt unter. So ähnlich war es auch. Die Männer – Arne und der lange John und Nils aus Norwegen – hauten mit der Faust auf den Tisch, sprangen auf wie ein Mann und starrten zu mir rauf. Bloß Ole Plumm blieb sitzen und paffte ruhig weiter.
„Jung',“ brüllte der lange John, „du hast mir mein Pik-As aus der Hand geschmissen. Warte, jetzt geht's dir an den Kragen!“
„Der will uns wohl zum besten halten!“ Arne krempelte schon seine Ärmel hoch.
Nils aber, Nils aus Norwegen, hob meinen Knusbak hoch und schrie: „Nun sieh mal, mit 'm Teddy spielt unser Jung'!“ Er hielt sich die Seiten vor Lachen und wirbelte Knusbak an seinem Stummelschwanz in der Luft herum.
Ach! Hätten sie mich doch vertrimmt, hätten sie mich doch verhauen. Aber sie häuften Spott auf mich, und Knusbak pufften sie hin und her!
Da nahm Ole Plumm seine Pfeife aus dem Mund. „Jungs,“ sagte er, „Jungs, euch soll

doch der Teufel hol'n, weil ihr euch über mich und meinen Bären lustig macht!"
„Dein Bär?" John guckte Löcher in die Luft. „Was hast du mit dem Bären zu tun?"
„'ne ganze Menge!" Ole Plumm haute mit der Faust auf den Tisch, dass es krachte. „Der Bär gehört mir," „und dass er jetzt hier auf den Tisch geflogen kam, war gewiss kein Zufall. Ich habe ihn dem Jungen gegeben, denn wir beide haben mit dem Bären was vor. Daran wolltest du mich doch wohl erinnern, nicht, Jung'?"
„Ja," stammelte ich, „ja doch, gewiss!" Ich glotzte dumm, die anderen auch.
Ole aber stapfte seelenruhig zu seiner alten Seekiste. Ehe er den Deckel hochklappte, blinzelte er mir zu und sagte: „Denn ehe wir den Bären weiterwandern lassen, muss er ja noch 'n bisschen ausstaffiert werden, dass ist euch doch wohl klar, nicht?" Er bückte sich und fing an, in der Kiste rumzuwühlen.
„Donnerwetter," schrie John wütend, „ich denk', hier wird Skat gespielt!"
„Schon vorbei!" rief Nils aus Norwegen. „Hab' Wache. Muss rauf!" Er schob die Luke auf und ging nach oben. „Lass offen! Ich komm' auch!" Arne kletterte ihm nach. „Mach zu!" sagte Ole, denn der Wind pfiff kalt in unsere Kajüte. Da schob der lange John den Lukendeckel zu. Ja, der lange John! Ich dachte, der Kerl wird sich endlich in seine Koje packen. Aber nein!

Er stand und guckte, was Ole machte, genau wie ich.
Jetzt tauchte der Alte mit dem Kopf aus seiner Seekiste auf, trat an den runden Tisch und schüttete allerhand Kram auf die Tischplatte. Da waren bunte Zigarrenbauchbinden, eine kaputte Korallenkette, ein grünes, mit braunen Hawaiimädchen bedrucktes Kattuntaschentuch. Dieses Taschentuch nahm Ole als erstes in die Hand, betrachtete es, seufzte, roch daran und sagte: „Das waren noch Zeiten! Aber jetzt kriegt der kleine Teddy es um den Hals."
Ich begriff immer noch nichts. „Knusbak?" stotterte ich, „Knusbak um den Hals? Warum denn das?"
„Tja, Jung'." Ole Plumm heftete den Blick seiner hervorquellenden blauen Augen starr auf mich. „Oder meinst du, wir sollten es mal mit Benzin versuchen?"
„Ich..., ich weiß nicht!" Ich schielte nach John hin, der die Hawaiimädchen an sich genommen hatte. Auf alle Fälle holte ich die Flasche vom Schrank.
Nun versuchte Ole, was mir von Herzen weh tat, meinen kleinen Schmuddelbären mit Benzin sauberzumachen. Aber es gelang ihm nicht. Knusbak wurde scheckig, sauber nicht!
„Na, dann muss die kleine Sinje eben so mit ihm vorlieb nehmen. Irgendwas muss die Kleine doch kriegen zum letzten Advent."

Endlich hatte ich begriffen. „Ja," stotterte ich, „das muss sie wohl."
„Wie wär's denn, wenn wir ihm den grünen Lappen um den Bauch bänden? Da hat das Vieh nämlich ein Mottenloch!"
Hatte ich recht gehört? Tatsächlich! Der lange John, dieser von mir am meisten gefürchtete, harte und beste Mann am Netz, nahm meinen kleinen Schmuddelbären in seine großen Hände und band das grüne Kattuntaschentuch über das Mottenloch. Und nun saßen wir plötzlich alle drei auf der Kante von Johns Koje, und während draußen der Wind jaulte, zogen wir Knusbak die bunten Zigarrenbinden über seine abgenutzten Pfoten und banden ihm die Korallenkette um den Hals.
Am nächsten Tag war der vierte Advent. Im allgemeinen merkt man draußen auf See nicht viel von Feiertagen. Da ist bloß das unruhige Wasser, da sind Himmel und Wolken und die ewig hungrigen Möwen, die überm Schiff schreien. Wir aber auf der Selma, wir merkten am nächsten Tag wohl was von Advent und Vorweihnachtszeit. Denn erstens hatten wir ja die quecksilbrige Primel an Bord. Und zweitens hatten wir ja meinen fein zurechtgemachten fleckigen Knusbak und drittens den dicken roten Kerzenstummel, und das mussten wir doch alles an den Mann bringen, nicht? Oder vielmehr an die kleine Sinje.

Ich weiß nicht, war es der lange John, der nicht dichtgehalten hatte, oder war es Ole Plumm, jedenfalls verkrümelte sich am nächsten Nachmittag alles, was auf Deck abkömmlich war, und als wir den dicken Kerzenstummel unten in der Kajüte angezündet hatten und Knusbak neben einen Teller mit Kandiszucker gesetzt hatten, trudelte so nach und nach die ganze Mannschaft bei uns ein. So kam es, dass wir auf dem Fischkutter Selma auf hoher See, nicht mehr allzu weit von Skagen, Advent feierten und ein kleines Mädchen mit einem alten, fleckigen Schmuddelbären glücklich machten.

Gegen Abend, als Sinje schon in der Koje lag und schlief, stand ich mit Ole Plumm an der Reling. Der Sturm war abgeflaut. Das Schiff machte gute Fahrt, manchmal kam oben 'n Stern durch. Ole paffte und ich guckte aufs Wasser. „Du, Ole," fragte ich, „warum hast du das zu den andern gesagt? Es war doch gar nicht dein Bär."

Ole nahm die Pfeife aus dem Mund. „Ja," sagte er, „sonst ist es ja nun so, dass man andern einen Bären aufbindet. Aber deinen Bären, den hab' ich mir aufgebunden. Und ich meine, das ist dir doch ganz gut bekommen, nicht, mein Jung'?"

Ich guckte immer noch auf das schwarze Wasser. Ohne dass ich Ole ansah, wusste ich, dass er listig plinkerte. Ich nickte. Ole paffte

wieder. Dann sagte er und diesmal ließ er die Pfeife, wo sie war: „Du brauchst den Bären nun nicht mehr. Bist ja ’n Mann!“
Ich nickte. Ich wusste, dass Ole recht hatte.

Olympia 1972

„Mein schönstes Weihnachten?“ Krischan nahm’n Schluck Grog und schaute sich in der Runde um, „och, das ist schon lange her, lass mal sehn, ja, das war damals, als wir hier in Deutschland die Olympiade hatten.
1972 war das ja wohl? Ich weiß noch, da traf ich meinen Freund Kalli auf der Straße. Kalli, das ist der, der auf ‘ner Schute wohnt und bei dem ich immer Weihnachten feierte, und weil ich schlechter Laune war, knurrte ich: „Nu kuck dir das an! Regen, und das zu Weihnachten.“
„Och, das bisschen Regen“, sagte er und guckte mir so krass in die Augen, dass ich direkt `n bisschen ärgerlich wurde. „Nu sag mal, was ist denn mit dir los?“ brummte ich, „du blinkst ja wie `n Leuchtturm, und außerdem hast du `n Schlips um, was soll das?“
„Das will ich dir sagen!“ sagte Kalli und wippte auf den Fußsohlen, „ich hab mich neu eingekleidet.“
„So“, sagte ich.
„Ja mein Sohn hat geschrieben. Er holt mich in drei Stunden mit `m Auto ab. Ich soll da feiern, bei ihm.“
„Deshalb“, brummte ich. „Ja, deshalb. Und deshalb wird es auch nichts mit uns beiden heute abend auf der Schute, Krischan. Was

machst du denn nun?“ „Da mach dir man keine Sorgen“, sagte ich, „ich geh in Petersens Imbissstube. Die haben heute bis vier auf. Für Stammgäste.“
„Und dann?“ „Och, so das Übliche. Zuhause. Bisschen Punsch und so.“ „Ja, dann mach’s gut“, sagte Kalli und klopfte mir auf die Schultern. `N bisschen gönnerhaft, reichlich gönnerhaft, fand ich, und am liebsten hätte ich gesagt: „nun tritt dir man nicht auf `n Schlips!“ Aber ich konnte es grad noch runterschlucken und das war, wie sich später herausstellen sollte, nur gut. Na ja, er rannte los, ‘n bisschen o-beinig, ‘n bisschen schräge und ich – nicht schön von mir – war direkt ‘n büsschen neidisch. Und darüber ärgerte ich mich wiederum. „Ach was, an allem ist bloß dieser grässliche Regen schuld“, versuchte ich mir einzureden – und ‘n bisschen war da was dran, mit dem Regen, mein ich – wenn es nämlich zu Weihnachten schneit und die Flocken so fallen, dann ist mir, als hätte ich Besuch gekriegt, wirklich, und wenn die Bäume dick voll Weiß sind und die Amseln wie aufgeplusterte schwarze Federbälle so still auf den Zweigen sitzen – dann – na ja – also – ich kaufte mein bisschen Zeugs ein, und als ich zurückging, kam ich wie immer an der Bretterbude vorbei, wo meine kleine Freundin wohnt.
Mit der war das so: Ich hatte damals ‘n steifes Knie und war einmal schwer beladen mit

meiner Einkaufstasche nach Hause gehumpelt. Da war das Mädchen gekommen, hatte mir einfach die schwere Tasche aus der Hand genommen und bis vor meine Haustür geschleppt. Ich wollte was sagen und ihr was geben, aber sie lief weg und verschwand in der Bretterbude nebenan. Seitdem waren wir uns oft begegnet, meistens war sie allein, manchmal war die Mutter dabei. Ich schenkte ihr mal 'ne Apfelsine oder 'n Apfel; sie lachte, ich grinste, das war alles.
Miteinander geredet hatten wir noch kein Wort. Um so erstaunter war ich, als das Mädchen jetzt, kaum dass ich den Hausschlüssel aus meiner Manteltasche klamüsert hatte, laut rufend aus der Bretterbude auf mich zuschoss und rief:
„Mama fragen, du zu uns kommen. Heute Hammel." „Hammel?" fragte ich, ich glaubte nicht recht gehört zu haben. „Ja", sagte sie.
„Was", sagte ich völlig verdattert, `n ganzer Hammel?" „Macht niiijts." Sie zeigte alle ihre kräftigen Zähne: „Viele kleine Stücker. Alle am Spieß. Du kommen?" „Meinst du wirklich mich?"
Sie nickte.
„Warum denn?" fragte ich, „du kennst mich doch kaum?" „Macht niiijts", rief sie „und Gurken und Tomaten, ganze Kessel voll. Besuch ist schöön!" Gut, dachte ich, Hammel und Tomaten! Aber der letzte Satz, den sie

gesagt hatte, war nicht in meinem Kopf gelandet. Der hatte sich selbständig gemacht und war flink in mein Inneres geschlüpft. Und da saß er nun und wärmte mich. Von den Haarspitzen bis in die großen Zehen.
„Ich bin bis vier bei Petersen in der Imbissstube", sagte ich. „Macht niiijts", rief sie. „Ich holen dir ab!" „Halt!" rief ich, nicht so eilig. Ich weiß ja nicht mal, wie du heißt?" Sie drehte sich um und sah mich strahlend an: „Olympia 72." „Was?" sagte ich und ließ beinahe meine Plastiktüte fallen, wo doch der Rotwein drin war für meinen Punsch. „Mädchen, wie kommst du denn zu dem Namen?" „Macht niiijts", sagte sie, „aber ich heißen wirliij Olympia. In Schule – sie hören mein Name – sie sagen: du Olympia 72."
So langsam begann ich zu kapieren. „Ach so", wegen der Olympiade?"
„Macht niiijts", sie lachte. „Aber ich kommen wirklich in Griechenland." „Und gehst in eine deutsche Schule?" „Macht niiijts. Du kommen? Ich holen ab!" „Ich nickte, sie rannte weg und verschwand in der Bretterbude und ich stand da. „Mensch, Krischan, was hast du dir da eingebrockt", sagte ich zu mir selbst. Und dann ertappte ich mich dabei, dass ich meine Plastiktüte schwenkte, wie als Junge. „Macht niiijts, macht niiijts!" Aber dann wurde ich wieder vernünftig und schloss die Haustür auf.

Na, später saßen wir Stammgäste auf dem Barhocker bei Petersens, und wir bekamen Kaffee – frei – und Streuselkuchen. War ja nett gemeint von der Wirtin, aber der Kuchen war furchtbar trocken, und als um Punkt halb vier die Tür aufging und mein Freund Kalli dastand, blieb mir doch 'n Streusel buchstäblich im Halse stecken und ich kriegte 'n Hustenanfall. „Mensch, Kalli", würgte ich – und endlich war der Streusel runter.
„Mensch, ich denk" – „denk lieber nicht, wenn du Kinder hast", sagte er, „denn es kommt immer anders, als du denkst." „Ja, ja", sagte ich, „meine laden mich schon lange nicht mehr ein."
„Und meine haben sich plötzlich besonnen und sind in `n Winterurlaub gefahren. Ski!" Er stieß das Wort so heftig heraus, dass er ein bisschen Spucke versprühte. „Willst du `n Stück Streuselkuchen, Kalli?" „Ne." Er schnaubte vor Verachtung, „da hilft bloß Schnaps! Und den trinken wir jetzt auf der Emma. Komm!"
Er hakte mich unter und wollte mich mitziehen, aber ich zog ihn auf den Barhocker nebenan. „Ich geh' heute zu Olympia 72." „Was?" Er starrte mich an, als ob ich `n Krokodil verschluckt hätte. „Tja", sagte ich, "da ist nun nichts mehr zu machen. Und es gibt `n Hammel" – „Christian wie ist dir ?" „Gut", sagte ich „und mir wäre noch besser, wenn ich dich

und deinen neuen Schlips noch irgendwo unterbringen könnte!“ „Sorg dich nicht um mich!“ Er machte `n Gesicht wie `n Schellfisch auf Sand. „Lass gut sein, Kalli“, sagte ich „und bestell der Emma `n schönen Gruß!“
In diesem Augenblick ging wieder die Tür auf, und meine kleine Freundin kam herein, ich erkannte sie kaum wieder. Sie hatte irgendwas Grasgrünes an und ich stieß Kalli in die Rippen und sagte: „Das ist sie, Kalli.“ „Wer?“ „Die Olympia 72.“ „So“, Kalli schluckte, „und wo ist der Hammel?“
„Auf Spießchen. Mit Knoblauch,“ sagte Olympia 72, statt meiner. „Oh“, Kallis Augen leuchteten. „Mögen er auch Hammel?“ fragte Olympia 72. „O ja“, rief Kalli und zwar so laut, dass die anderen auf den Barhockern sich alle nach uns umdrehten.
Es blieb mir nichts anderes übrig, als die grasgrüne Olympia und Kalli samt seinem neuen Schlips so schnell wie möglich durch die Tür zu bugsieren. Draußen regnete es immer noch und Olympias Grasgrünes wurde ganz nass auf den Schultern.
„Tschüs, Kalli“, sagte ich und drehte mich schnell um. Aber ob es nun seine Verlassenheit war, oder Hammel, Kalli wich nicht von meiner Seite, bis wir vor der Bretterbude standen. „Das geht nicht, Kalli, das geht nicht“, sagte ich und trat von einem Bein auf der andere. Aber da wurde die Tür schon geöff-

net. Olympias Mutter stand auf der Schwelle und zog uns ins Innere der Bude, Olympia, mich – und – Kalli. Wir standen wie die Ölgötzen – Kalli und ich – in dieser fremden Pracht, ja, prächtig war es wirklich.
Ich konnte nicht begreifen, dass all das in dieser jämmerlichen Bude Platz hatte. Ein Riesenbett und Stuhl und Tisch und getrocknete Blumen an der Wand und geknüpfte Teppiche und rot glitzernde Weinflaschen auf dem weißen Tischtuch und Gläser und Schalen mit Obst und eine Kommode mit Ikone und hohen, brennenden Kerzen an der Seite, dahinter ein Spiegel, der die flackernden Flammen verdoppelte.
Und auf dem Tisch ein kleines halbnacktes Kind auf dem Töpfchen und am Herd ein Mann, der Spießchen drehte, sich lachend nach uns umdrehte und sagte: „ich Christofeiros, ich kann nicht Hand geben, Spießchen drehen, du verstehen? Ihr setzen. Willkommen an mein Tisch." Frau Christofeiros konnte kein Wort deutsch. Aber sonst konnte sie alles: lächeln und einschenken und auftischen, und als Olympia nach dem Essen mit ihrem Vater heimatliche Lieder sang, schnelle, lustige, da waren wir beiden nordischen Bären so aufgetaut, dass ich `n bisschen mitbrummte und Kalli seinen schönen neuen Schlips aufmachte.

Wie der Mond auf den Dom ging

Es war am späten Nachmittag des 24. Dezember, als Fischer Marksen in arger Bedrängnis saß. Nicht etwa auf hoher See, i nein, bloß zu Hause in der Dönss war das. Nämlich: Gesche und Heini und Stine und Krischan krochen alle Mann immerzu an ihm rauf und runter vor lauter Ungeduld, weil doch heute Weihnachten war und sie es nicht abwarten konnten, bis Knecht Ruprecht endlich käme. Sie waren so ungezogen, dass Fischer Marksen glattweg die Luft ausging.
Da steckte Oma Marksen den Kopf zur Tür herein, und mit ihr kam ein süßer Duft von Butterkringeln und braunen Kuchen. Als Oma sah, dass die Kinder Opa ganz unter hatten, lachte sie über ihr rundes, backrotes Gesicht. Darüber wurde nun Opa ernstlich böse und grollte, sie und das Christkind sollten sich mal'n bisschen beeilen, sonst bliebe von seinem Bart überhaupt nichts mehr übrig. Aber Oma erwiderte, immer noch lachend, das ginge so schnell nicht und wandte sich wieder der Küche zu. Ehe sie jedoch die Tür hinter sich zuklappte, rief sie listig: „Erzähl ihnen doch was! Irgend so 'ne kleine, hübsche Geschichte." Und raus war sie.
Na, da brüllten die Gören erst: „Ja, Opa, 'ne Geschichte!" Da wurde Opa aber wild, denn

nun hatte er Flutwasser. „Wollt ihr wohl mal endlich still sein! Donnerlüttjen! Meint ihr, das ist so einfach? Da muss man doch erst mal ’n bisschen in Ruhe nachdenken können.“ Mit diesem fuhr er sich mit der Rechten so ganz besinnlich durch seinen gerupften Bart, na, und dann konnte es endlich losgehen.

„Das ist auch mal an einem Weihnachten gewesen, genau wie heute“, fing Opa an, „da hat der Mond am Himmel gestanden. Er hat es aber gar nicht gewusst, dass heute der heilige Tag war, und das war so gekommen: Lange, lange Tage hatte er geschlafen. Weil es nämlich immer geschneit hatte, hatte er jegliche Sicht verloren, und da war er vor lauter Ärger und Langeweile eingeschlafen. Nun war er wieder aufgewacht und keine einzige Wolke trübte mehr den Himmel. Da lachte der Mond über sein ganzes volles Gesicht. Er guckte auf die Erde hinunter, da wurden seine Augen groß: Ja, was war denn das? Er täuschte sich doch wohl nicht? Nee! Diese schlanken hohen Türme direkt unter ihm, die kannte er doch! Na, und die Schiffe! Und dieses blanke, zugefrorene Wasserbecken mitten zwischen den schmucken Häusern der Stadt, auf dem kleine schwarze Gestalten hin und her flitzten und Schlittschuh liefen.

Und da! Die Lichter mitten am hellichten Tag, die Lichter auf dem großen Feld, welche die Buden und Karussells und die Figurachtbahnen beleuchteten! Da ritten sie doch schon im Hippodrom, immer rundherum: Lustige Matrosen mit blauen, weißgestreiften Kragen über den Schultern, und niedliche Dienstmädchen in weißen Häubchen und roten Röcken. Nein, es gab keinen Zweifel, er stand direkt über'm Hamburger Dom.

Na, der Mond freute sich. Am allerliebsten hätte er ja wohl laut gesungen, bloß konnte er das nicht so richtig, und deshalb brummelte er ganz leise in sich rein. Es war aber auch ein Tag so recht zum Singen. Natürlich war alles wegen Weihnachten so prächtig, aber das wusste der Mond ja nicht. Was ist denn heute nur los? dachte er. Ich werde ja von Minute zu Minute vergnügter. Er glaubte, der Dummerjan, das käme von dem bunten Leben da unten auf dem Hamburger Dom. Na, ich muss ja auch sagen, schön ist das man einmal, wenn da auf dem Heiligen-Geist-Feld alles so durcheinander glitzert, dudelt und nudelt, und wer mal so recht mitten dabei war, kann wohl begreifen, was der Mond nun tat. Er ließ sich nämlich – voll Verlangen nach dem Schönen da unter ihm – einfach los. Ließ sich los und rutschte schräg durch den Himmel, immer sachte abwärts. Mit der einen Hand hielt er seine Mütze fest und mit der anderen hielt er seinen Rockkragen am Halse zu. Bin ja neugierig, was die unten sagen, wenn ich ankomme, dachte er. Er war aber wohl 'n

bisschen schief abgesprungen, der alte Mond, denn er landete gar nicht, wie er sich das so schön ausgemalt hatte, in St. Pauli, sondern weit draußen vor der Stadt, mitten in einem Wald. Plumps saß er da, und der Schnee stiebte man so um ihn herum. Die Bäume standen alle still, sie hielten die Köpfe hoch, als lauschten sie auf etwas in den Lüften.
Der Mond musste sich erst mal einen Augenblick besinnen, es war doch alles etwas plötzlich gekommen. Als er sich genug besonnen hatte, stand er auf, klopfte den Schnee von Jacke und Hose, rückte seine Mütze, die ihm während der Fahrt in den Nacken gerutscht war, wieder hübsch nach vorn und machte sich auf nach Hamburg.
Ja, wenn er nur den Weg gewusst hätte! Von oben war es ja für ihn immer leicht gewesen, sich zurechtzufinden, aber hier unten konnte er gerade so wenig durch die Bäume gucken wie du und ich. Als daher ein Hase über den Weg sprang, rief er ihn gleich an: „Hallo, bleib doch mal stehen! Kannst du mir nicht sagen, wie ich geradewegs nach St. Pauli komme?“ Der Hase guckte ihn verwundert an. „Ach, du bist es?“ sagte er, als der gute Mond näher kam, und tat, als wäre das gar nichts weiter. „Nach Hamburg willst du? Ja, dann musst du da längs gehen und dann da und da“. – „Kannst du nicht wenigsten noch'n Augenblick mit mir klönen?“ bat der Mond, „alle Tage

kommt man schließlich nicht hierunter.“ Nein, der Hase konnte nicht, er hatte es furchtbar eilig. „Ich muss zur Feier des heutigen Tages zum großen Hasenhügel. Das ist noch weit, denn der liegt mitten in der Lüneburger Heide. Ade!“ Weg war er. Was für eine Feier mag er wohl gemeint haben? überlegte der Mond. Aber glaubt ihr wohl, es wäre ihm eingefallen? Nee! Er dachte nur daran, wie er recht schnell auf den Dom kommen könnte. Daher passte er auch nicht richtig auf, stand plötzlich an einem Kreuzweg und wusste nicht, wo er weitergehen sollte. Wie er nun so überlegt, geh ich rechts, geh ich links, hörte er in der Ferne ein Rauschen. Na, zuerst denkt er ja, es ist der Wind, der durch die Baumkronen fährt. Als er aber näher kam, war's gar nicht der Wind, sondern eine Gesellschaft von Bäumen, die kamen daher mit Lispeln und Rauschen. Lauter Tannen waren es, vom allerhöchsten Mastbaum bis zum kleinsten Kiekindiewelt. Sie hatten einfach ihre Füße aus der Erde gezogen und wollten nun, tipper, tapper, an dem Mond vorbei. Der wunderte sich sehr und rief: „Nanu, ihr habt es aber eilig. Wartet doch ein Weilchen und erzählt mir, wohin ihr wollt.“
Da beugte sich ein riesiger Tannenbaum über alle anderen hinweg und antwortete; „Halte uns nicht auf, guter Mond, wir müssen uns sputen. Wie wir gehört haben, gibt es viel zu

wenig Bäume in der Stadt, da haben wir uns schnell in letzter Minute auf den Weg gemacht.“ – „In letzter Minute?“ fragte der Mond und merkte noch immer nichts, „was soll das heißen?“ Indessen, die Tannenbäume hörten ihn gar nicht, sie trippelten auf ihren Wurzelfüßen einfach an ihm vorbei.

Na, da wurde es ihm aber doch zu dumm und er fing trotz seiner guten Laune bannig zu schimpfen an. Dabei schwoll er ganz dick auf und leuchtete vor lauter Wut so, dass der Wald davon hell wurde und eilte hinter den Tannenbäumen her. So schnell er lief, vermochte er aber doch nicht, sie einzuholen. Einzig ein kleines, kleines Bäumchen trippelte noch vor ihm auf dem Weg. Es war ein Tannenkind, das in dem eiligen Geschiebe und Gedränge seiner Mutter von der Hand gekommen war und nun allein ganz bedroft durch den Wald tappelte.

Der Mond holte es ein, pflanzte sich vor dem erschrockenen Ding auf und schalt fürchterlich. Als das Tannenkind den aufgeplusterten, glühenden, schimpfenden Mond vor sich stehen sah, fürchtete es sich ganz gräsig und fing bitterlich zu weinen an. Das weinte! Sein ganzes grünes Kleidchen war voll Tränen. Wie das der Mond sah, schmolz er kläglich zusammen, denn er wusste nicht, was er mit dem weinenden Tannenkind anfangen sollte. Er griff in die linke Jackentasche, da war rein gar nichts drin, er griff in die rechte, auch die war leer. Ganz verzweifelt – er konnte nun mal keine Kinder weinen sehen – kniete er sich vor ihm in den Schnee und spielte Muschikater mit ihm. Er machte einen Buckel, miaute und mauzte und zum Schluss sprühte er noch recht schön Funken. Na, so was hatte das Tannenkind im stillen Wald natürlich nie zu sehen gekriegt, und es fing ja auch durch all seine Tränen hindurch richtig zu lachen an.

„Nun ist's gut“, sagte der Mond und trocknete ihm mit seinem großen, bunten baumwollenen Taschentuch die Nase. Das Tannenkind gewann Zutrauen zu ihm und klagte, dass es seine Mutter verloren hätte. „Die werden wir bald haben“, erwiderte der Mond. „Komm man mit mir nach Hamburg, da wollen wir deine Mutter suchen.“ Da wurde das Tannenkind wieder ganz getrost, der Mond nahm es bei der Hand, und sie zogen beide los. Und weil der Mond den Spuren der Tannenbäume folgte, kamen sie denn auch glücklich in Hamburg an.

Ja, mit der Stadt hatte der Mond sich das ganz anders vorgestellt! Er hatte gedacht, wenn er käme, da würden die Leute auf der Straße stehen bleiben und sagen: „Na guten Tag, Vater Mond, bist du auch mal da?“ Aber nichts von alledem. Kaum waren sie am Stadtrand angekommen, so schnurrten schon Autos und

Wagen an ihnen vorbei, und der Mond musste aufpassen, dass sie nicht unter die Räder kamen. Es wurde den beiden ganz taumelig von all dem Rennen, Fahren, Hupen, Pfeifen, Sausen, Quietschen.

Das Tannenkind kriegte es mit der Angst. Wie sollte es in dem Gekribbel ringsum jemals seine Mutter finden? Es fing aufs neue an zu weinen. Na, da wurde es dem Mond aber klöterig zumute. „Wein' doch nicht, mein Lütten!" rief er, und es stieg ihm dabei selbst ganz bitter die Kehle rauf. „Wein' doch nicht! Wir werden deine Mutter schon wiederfinden." Sie hielten sich aneinander fest und gingen immer einem hellen Schein am Himmel nach. Dieser rührte von all den Lichtern auf dem Hamburger Dom her und stand wie ein rötlicher Pilz am erdunkelnden Himmel.

Sie schritten vorbei an schmalen, düsteren Fleeten, auf denen einsame Lichter blinkten, an stolzen Kirchtürmen, an erleuchteten, breiten Straßen, aber wohin sie auch kamen, überall war die Luft von etwas Freudigem, Wunderbarem erfüllt.

„Weißt du, warum sie es alle so eilig haben, und weshalb sie alle so glücklich aussehen?" Der Mond war mitten auf der Straße stehen geblieben. Allein das Tannenkind wusste auch keine Antwort, es war in Gedanken viel zu sehr mit seinem Kummer beschäftigt. Sie trabten wieder weiter. Je weiter sie aber gingen, desto näher rückte das rötliche Dach über dem Heiligen-Geist-Feld, ward heller und heller, bis es sich endlich in tausend und abertausend einzelne strahlende Lampen auflöste. Da waren sie auf dem Dom.

Nein, war das ein Glanz und ein Leben! Wenn der gute Mond etwa geglaubt hatte, er könnte denen hier unten so'n bisschen was vorblinkern, so hätte er in diesem Augenblick jeden Gedanken daran aufgeben müssen. Da konnte er wahrhaftig nicht gegen an. Rot und grün und blau und weiß und gelb und lila und rosa! Und ein Geglitzer an den Buden und ihren Plüschvorhängen! Und es roch nach Berliner Pfannkuchen, nach Schmalzkringeln und Heringen, nach Bier und Köhm und Knackwürstchen, alles durcheinander. Es war zu schön! Das Tannenkind riss die Augen auf. So was hatte es sich nicht träumen lassen im tiefen Wald.

Die Ausrufer vor den Buden in ihren leuchtenden roten, türkisfarbenen, grünen und violetten Sammethosen schrien sich die Kehle heiser und konnten immer noch mehr. Die bunten Lackpferdchen und die vergoldeten Schwäne auf den Karussells lockten. Das Tannenkind wäre gern überall stehen geblieben, aber der Mond zog es mit sich fort, die Zeltgasse abwärts, wo aus einer Bude ein besonders lieblicher Geruch strömte.

Ja, Kinder", Opa Marksen unterbrach sich

und fuhr sich einmal mit der Zunge schmatzend über die Lippen, „das duftete so lieblich, das konnte wohl eines Mannes Herz erfreuen. Hinter der Budentheke stand eine Frau mit einem roten Haarwust über der Stirn und fragte den Mond nach seinem Begehr. Er möchte gern ein Glas Grog trinken, ein Glas süßen Grog, ja, das täte ihm geradezu Not, antwortete er. Dabei schielte er etwas unsicher auf das Tannenkind hinunter. Die Frau fragte den Mond, der seinen Wunsch ziemlich schüchtern vorgebracht hatte, ob er denn auch Geld habe. „Das ist es ja gerade“, druckste er, „Geld eben nicht, bloß -“ „Bloß?“, fragte die Frau. „Bloß Silber“, murmelte der Mond. Er wagte nicht, der Frau in die Augen zu gukken, „echtes Silber, aber vielleicht kann man dafür gar keinen Grog bekommen?“ – „Das werden wir sehen“, meinte sie. Da drehte der Mond hastig einen seiner wunderbaren silbernen Jackenknöpfe ab.
Kaum war er damit fertig, da hatte die Frau ihm den Knopf schon aus der Hand genommen, und nachdem sie ihn in die Kasse gelegt hatte, griff sie hinter sich, nahm ein großes Glas, füllte es zuerst mit Rum und Zukker, dann mit Wasser auf und stellte es vor den Mond hin. Vom bloßen Geruch kriegte der schon Mut, und er fragte die Frau, ob es nicht vielleicht noch für ein Glas Punsch für das Tannenkind reiche. „Gewiss“, erwiderte

die Frau streng und stellte ein etwas kleineres, glührotes Glas mit Punsch hin. „Und ein bisschen Kleingeld kriegst du auch noch raus“, fuhr sie fort. „Allerdings für ein neues großes Glas Grog reicht es nicht, höchstens für ein Kleines.“
Da war der Mond aber froh! Er trank auf einen Sturz sein Glas herunter und rief dem Tannenkind zu: „Warte, ich will dir schnell ein paar Schmalzkringel holen!“ Inzwischen stellte die Frau das zweite große Glas Grog hin. „Nanu“, rief der Mond, als er, über jedem seiner dicken Finger einen Kringel, zurückkam, „meinst du wirklich, ich sollte - ?“
Die Frau sah ihn nur an, da drehte er den zweiten wunderbaren silbernen Knopf von seiner Jacke. Na, ihr könnt euch nicht vorstellen, wie lustig der Mond nun erst wurde! Ärgern konnte er sich bloß darüber, dass die rote Punschfrau so grässlich steinern blieb. Mit eiserner Miene zählte sie ihm nach jedem abgedrehten Knopf sein Kleingeld vor, und da er ein drittes Glas Punsch für das Tannenkind verlangte, weigerte sie sich glattweg, es zu bringen. „Nein“, sagte sie einfach, „nein!“ Einer müsste doch nüchtern bleiben und ihn nach Hause schaukeln. Wahrhaftig, sie sagte ‚schaukeln’, diese rote Henne. „Bring ihn bald nach Hause“, befahl sie dem Tannenkind, aber der Mond dachte gar nicht daran, nach Hause zu gehen. Er hakte das Ärmchen des

Tannenkindes bei sich ein, und so zog er, die Mütze tief im Nacken, mit dem Kindlein die Lichterschneise auf und ab und hin und her. Indem kamen sie an einer Bude vorüber, unter deren Purpurbaldachin ein quittengelber Mensch mit pechschwarzen, öligen Haaren stand. Der schrie: „Kommt und seht! Fatme, das leuchtende Wunderr! Fatme rrrechts, Fatme links, Fatme von vorrne, Fatme von hinten! Fatme, das leuchtende Wunderrr!" Wie nun der Mond das vom ‚leuchtenden Wunder' hörte, kam es auch ihm wie eine Erleuchtung.
Er packte das Tannenkind fester und betrat schweren Tritts die knarrende, zur Bude hinaufführende Treppe. Oben sollte das Tannenkind ihm nun schnell das Kleingeld geben, das die Punschfrau ihm zugesteckt hatte, aber nichts war mehr im Händchen. Alle Pfennige waren ihm zwischen seinen dünnen Fingerchen hindurchgerieselt. Der Mond sah das leere Händchen an, er machte ein sehr betroffenes Gesicht. Dem Tannenkind tat der betrübte Mond leid.
Es drängelten sich da aber viele, viele Menschen an die Kasse und dann in die Bude, sie alle wollten gern die ‚Leuchtende Fatme' sehen. Da fühlte sich der Mond plötzlich von zwei schmalen Ärmchen vorwärtsgeschoben und ehe er sich versah, hatte ihn das Tannenkind zwischen den drängelnden Menschen

hindurch in die Bude geschoben. Da saßen sie nun ohne Eintrittskarte! Dem Mond klopfte das Herz. Auch war das Brett, auf dem er saß, man bloß ganz schmal, es kniff ihn mit seinen scharfen Kanten ordentlich in den Pöker. Weil aber das Tannenkind an seiner Seite ein so glückliches Gesicht machte, vergaß er alles und war auch glücklich.

Und nun trat Fatme auf. Wenn ihr aber glaubt, sie wäre etwa so wie du und ich, einfach zu ebener Erde dahergekommen, dann täuscht ihr euch. I wo! Fatme kam von unten. Langsam und feierlich fuhr sie auf einer Maschinerie aus der Tiefe nach oben. Und dabei leuchtete sie. Und nun wurde es in der Bude ganz dunkel gemacht, da konnten die Leute noch viel besser erkennen: sie leuchtete grünlich, wo man auch die Augen hintat.

Die Leute fanden es großartig, bloß dem guten Mond kam es reichlich dürftig vor. „Was", rief er, „das soll Leuchten sein, das ist ja man bloß'n trauriger Kienspan! Ph!" Und er ließ sich auf seinen schmalen Sitz herunterfallen, dass es ihm wehtat. „Sei doch still", flüsterte das Tannenkind. Es nützte jedoch nichts, der Mond war nun mal in Fahrt. Eben wollte er wieder losschreien, da zischelte sein Nachbar zur Linken: „Wenn du's besser kannst, dann zeig's uns doch!" – „Das werde ich", rief der Mond. Er warf sich in die Brust, und das Tannenkind erschrak furchtbar, weil der gute

Mond plötzlich wie ein Löwe brüllte: „Das werde ich auch“, sich zwischen den Bänken hindurchquetschte und mit einem kühnen Satz aufs Podium sprang.

Und nun ging es los. Wie'n Kalkuttscher Hahn plusterte er sich da vorn neben der Fatme auf und fing doch wirklich zu funkeln an. Die Leute lachten und die Matrosen in der Bude klopften sich auf die Schenkel und schrien ihm zu. Nur der Budenbesitzer, der Mann mit dem öligen Haar und dem quittengelben Gesicht, wurde böse.

Er rief den Leuten zu, dass das keine reelle Leuchterei sei, und manche gaben ihm recht. Es war aber so, dass der Mond die Matrosen alle auf seiner Seite hatte. Na, es wurde schlimm, ganz schlimm! Das Ende war, dass Fatme heulte, weil sie gegen den Mond nicht mehr ankonnte, und dass der Quittengelbe den Mond anschrie. Und dann, ja dann fiel dem Gelben etwas ein. Er machte plötzlich ganz schmale, tückische Augen, trat einen einzigen Schritt auf den Mond zu und fragte ihn, wo er seine Eintrittskarte hätte. Da war das Unglück! Augenblicklich schrumpfte der Mond zusammen, und vorbei war es mit seinem Glanz. Er stotterte sich was zurecht und tat so, als ob er in allen Taschen nach seiner Karte suchte. Der Gelbe sagte nichts als: „Aha!“, packte den Mond am Kragen und hätte ihn wohl mit einem einzigen Tritt zur Bude

hinausbefördert, wenn nicht die Matrosen gewesen wären. Sie warfen sich jetzt wie ein Mann auf die Bühne.
Von Fatme, dem Mond, dem Quittengelben und den ihm zu Hilfe eilenden Budenleuten war bald nichts mehr zu sehen. Das erstarrte Publikum erblickte bloß noch Matrosen, Matrosenhosen, Matrosenfäuste, Matrosenfüße, -beine, -nasen, -ellenbogen...
Das Tannenkind war weinend hinausgelaufen, ratlos stand es hinter der Bude. Es dachte, es würde den guten Mond nun wohl nie wieder zu sehen kriegen. Die Matrosen drinnen jauchzten, das Podium krachte. Da hörte das Tannenkind ein leises Stöhnen in allernächster Nähe. Es klang unter dem Gerüst der Bude hervor. Furchtsam bückte es sich, um zu sehen, was das sei: da sah es den halben Mond zwischen den Gerüststangen abwärts hängen, es war aber bloß die untere Hälfte! Schnell lief es hinzu, zog und zerrte mit aller Kraft, und da kam auch glücklich die obere Hälfte herunter.
„Ach, du bist es“, sagte der Mond mit wackliger Stimme, „ich muss irgendwo durchgebrochen sein, vielleicht war es auch Fatmes Versenkung, durch die ich nach unten gefallen bin.“ Und weil er so übel zugerichtet war, wagte er gar nicht, das Tannenkind anzusehen. Allein es war so froh, weil der gute Mond nur wieder da war, dass es kein Wort verlor,

sondern ihn bei der Hand nahm und ihn schnell von diesem wüsten Ort wegzog.
Indessen war es auf dem Dom viel stiller geworden. Bedrückt schlichen die beiden zwischen den Buden hin, es wurde später und später, und soviel auch der Mond in alle Ekken und Winkel guckte, des Tannenkindes Mutter konnte er nicht finden.
Da traf plötzlich eine laute Stimme ihr Ohr. Unwillkürlich blieben sie beide stehen, um zu schauen, woher sie käme. Da sahen sie einen Mann. Vor ihm stand ein Händler mit einer blauen Nase, der war eben dabei, ihm einen Tannenbaum zu verkaufen. „Es ist der letzte", sagte der Händler. „Wie schön", rief der Mann! „Da habe ich ja großes Glück gehabt. Wie werden sich meine Kinder freuen über den schönen, großen Baum!" Eben wollte er die Tanne nehmen, als sich das Tannenkind mit einem Schrei von des Mondes Hand losriss, zu der großen Tanne hinstürzte und sich fest, fest an sie schmiegte. Der fröhliche Mann stutzte. „Nanu", rief er lachend, „da ist ja auf einmal noch einer!" Der Händler mit der blauen Nase wusste erst recht nicht, was er davon halten sollte. „Tja, ich weiß auch nicht, wo der auf einmal herkommt", meinte er. „Es ist mein Kind", sagte die große Tanne.
Sie beugte sich tief hinab über das Tannenkind, und das schlang die Ärmchen fest um den Hals der Mutter. „Aber das ist ja herr-

lich!“ rief der Mann, „da nehme ich sie alle beide mit nach Hause. Komm, kleines Tannenkind. Du sollst goldene Klunkern bekommen und silberne Ketten ins Haar.“ Beinahe hätte das Tannenkind wieder geweint, aber diesmal vor lauter Freude.

Als es nun zwischen dem fröhlichen Mann und seiner schönen, großen Tannenmutter davonging, wandte es sein Köpfchen um und rief: „Hast du es gehört? Goldene Klunkern soll ich kriegen. Ach lieber, guter Mond, hab Dank, dass du mich zu meiner Mutter gebracht hast.“ Und es hüpfte davon, an der einen Hand seine liebe Mutter, an der anderen den fröhlichen Mann.

Der gute Mond hatte das Tannenkind liebgewonnen, und obwohl er froh war, dass es seine Mutter wiederhatte, war er doch ein bisschen traurig, weil er nun ganz allein war. Langsam setzte er seinen Weg fort. Eine Lampe nach der anderen wurde ausgelöscht und die Buden zugemacht. Alle Menschen schienen zu wissen, wohin sie wollten, bloß der Mond wusste es nicht. Ungewiss, was er tun sollte, trabte er weiter.

Schon hatte er den Dom hinter sich gelassen. Die Straßen wurden stiller, etwas Festliches lag in der Luft, aber der Mond, der Dummerjan, war so verbiestert, dass er immer noch nicht merkte, was los war. Die Tür-

me der Stadt hoben sich feierlich hoch in den Dezemberabend, der Schnee auf Dächern und Bäumen glitzerte.
Traurig trottete der Mond zur Stadt hinaus. Es will ja doch keiner was von mir wissen, dachte er. Da sah er in der Ferne die Lichter eines Dorfes schimmern und er beschloss, dorthin zu gehen.
Eine gute Weile war er so fortgegangen, da hörte er hinter sich lustiges Peitschengeknall. Ein Schlitten kam hinter ihm hergefahren. Kaum hatte er, sich umdrehend, die Gestalt im roten Flauschmantel auf dem Kutschbock gesehen, als es ihm wie Schuppen von den Augen fiel. Nun wusste er endlich, was für ein Tag heute war! Da erschrak er mächtig und wusste nichts Eiligeres zu tun, als sich hinter einer Schneewehe zu verstecken. Es war aber zu spät, der Schlitten glitt schon heran.
„He, du da", rief der Alte auf dem Kutschbock und zog am Zügel, dass seine vier Braunen mit einem Ruck stillstanden. „He, du da, du hast wohl ein schlechtes Gewissen, dass du dich vor mir verstecken musst, wie?" – „Ach, Knecht Ruprecht, du bist es", rief hüstelnd der Mond und tat, als habe er etwas im Schnee verloren und suche es nun. „Komm mal da raus", rief Knecht Ruprecht. Der Mond kam. Ihr hättet an seiner Stelle gerade so wie er

gezittert, denn Knecht Ruprecht, da er ihn erkannte, blitzte ihn fürchterlich mit seinen blauen Augen an.
„Was fällt denn dir ein“, rief er, „dich hier unten herumzutreiben! Wo bist du gewesen?“
Der Mond druckste, Knecht Ruprecht sah aber so bezwingend aus, dass da nichts zu machen war, es musste wohl oder übel geantwortet werden. „Ich war bloß ein bisschen auf’m Hamburger Dom“, murmelte der Mond und drehte seine Mütze zwischen den Fingern. „So“, machte Knecht Ruprecht „bloß, so!“ – „Ja“, stammelte der Mond, „wenn ich allerdings gewusst hätte, dass heute Weihnachten ist, wäre ich bestimmt nicht hingegangen.“ „Das hast du nicht gewusst?“ – „Nein, wahrhaftig nicht. Erst als du da eben angefahren kamst, wusste ich auf einmal Bescheid.“
Knecht Ruprecht konnte nur den Kopf schütteln. Aber er hatte keine Zeit, sich noch weiter mit dem Mond abzugeben. „Ich muss jetzt weiter“, rief er und nahm die Zügel auf. „Und dir rate ich im guten, mach’, dass du schleunigst wieder nach oben an den Himmel kommst!“ – „Ja, gewiss“, antwortete der Mond, „nur sag mir doch, wie ich wieder raufkomme.“ Aber Knecht Ruprechts Pferdchen hatten schon angezogen.
Der Mond war so traurig wie nie zuvor. Weihnachten war, und er stand nicht am Himmel und half, die Welt hell zu machen! Wie hatte

er nur einfach auf die Erde runterrutschen können, ohne sich zu überlegen, wie er wieder raufkommen sollte! Unter diesen trüben Gedanken war er bis ans Dorf gekommen. Überall brannten schon die Tannenbäume. Vielleicht wissen die Leute hier Rat, dachte der Mond. Er schlich sich an die Haustür des ersten Bauernhauses und klopfte sachte an. Da fingen die Kinder drinnen an zu singen. Der Mond mochte klopfen, soviel er wollte, es ward ihm nicht aufgetan, weil niemand ihn hörte. Beim nächsten Haus war es nicht besser. Nachdem er vergeblich an drei Häusern gepocht hatte, gab der Mond es auf. Er war so müde, er wollte bloß noch aus dem Dorf hinaus in den Wald gehen, sich in den Schnee legen und schlafen. Das letzte Haus ließ er eben zur Seite, da sah er plötzlich im Lichtschein, der aus einem der Fenster auf die Straße fiel, eine Gestalt daherkommen. Ein Hamburger Zimmermann war's, der von jahrelanger Wanderschaft nach Hause zurückkehrte. Der Mond wollte sich an ihm vorbeidrücken, aber der Zimmermann ließ ihn nicht durch. Er tippte mit dem Finger an seinen großen schwarzen Schlapphut und sagte: „Guten Abend, bin ich hier wohl richtig auf der Straße nach Hamburg?" – „Ja", flüsterte der Mond. „Ist es denn noch weit?" – „Nicht allzu weit." Da lachte der Zimmermann. „Ich freu mich ja so, dass ich nu' bald zu Hause bin." – „Wenn

du dich beeilst, kommst du vielleicht noch rechtzeitig zur Bescherung“, meinte der Mond.
„Wenn es bloß nicht so dunkel wäre“, sagte der Zimmermann, „dann würde ich mich schneller zurechtfinden. Ich weiß gar nicht, was dem Mond einfällt, dass er heute nicht scheinen will! Ich wollte, er stünde am Himmel und leuchtete mir!“
Na, was meint ihr wohl, was nun passierte, kaum dass der Hamburger Zimmermann diese Worte ausgesprochen hatte? Ihr werdet es nicht für möglich halten, aber es war doch so, so wahr ich hier sitze und die ungezogene Stine mir schon wieder mit ihren klebrigen Fingern in meinen Bart rumzwirbelt!
Es wuchs nämlich eine schmale, gläserne Treppe genau vor den Füßen des Mondes auf bis hoch unter die Sterne. Denn der Hamburger Zimmermann hatte sich doch gewünscht, der Mond möge am Himmel stehen. Na, und wenn ein Hamburger Zimmermann, der nach langer Wanderschaft zum erstenmal in der Weihnachtsnacht wieder nach Hause kommt, sich was wünscht, dann geht sein Wunsch in Erfüllung. Das ist euch doch hoffentlich klar, nicht?
Na, der Mond die Treppe sehen und seine Beine in die Hand nehmen und rauflaufen war eins. Oben angelangt, stellte er sich an die Spitze all seiner Sterne und leuchtete wie noch nie. Und als der Hamburger Zimmermann

nach oben schaute, da hatte er 'nen Weihnachtsbaum, wie noch kein Mensch vor ihm, und der ganze Himmel war seine Weihnachtsstube. Und wenn ihr man'n bisschen artiger wärt, dann könntet ihr ihn auch sehen, wie ihn der Hamburger Zimmermann sah, aber ihr braucht es gar nicht erst zu versuchen, denn artig seid ihr ja nun mal nicht."
Opa Marksen war fertig mit seiner Geschichte. In der Stube war es still geworden. Die Kinder saßen mit glühenden Backen, nur das Feuer im Ofen knackte. Jetzt steckte Oma Marksen den Kopf zur Tür herein, lächelte und hielt den Finger in die Höhe. Da hörten sie es alle: ein leises Gebimmel von silbernen Glöckchen den Deich entlang.
Es war Weihnachten und Kind Jesus kam.

Das Geschenk der Delphine

Da hat mal ein gewisser Juan in irgendeinem verlassenen Nest am Golf von Mexiko gelebt. Eigentlich hieß er Johannes. Er war Steuermann auf einem deutschen Schiff gewesen, ehe er hier im heißen Mexiko hängen blieb. Juan wohnte mit seiner Frau Camilla in einem hübschen Häuschen nicht weit vom Strand. Fast jeden Morgen fuhr er mit seinem kleinen Motorboot zum Fischen aufs Meer.

Wenn er dann gegen Mittag zurückkam, wartete eine Gruppe Kinder auf ihn, hübsche Kreolenkinder mit blanken, schwarzen Augen. „Juan!“ schrien sie schon von weitem, „Juan, hast du viel gefangen?“ Und wenn er gelandet war, umsprangen sie ihn, und die Kleinsten hingen an seinen Beinen. Viel fehlte nicht, und sie wären ihm in die Hosentaschen gekrabbelt.

Obwohl Juan selbst keine Kinder hatte, mochte er sie. Er mochte sie sehr.

Wenn er einen guten Fang gemacht hatte, beugte er sich über sein Netz und warf jedem der „Krabben“ – so nannte er die Kinder – einen dicken Fisch zu. Dann brüllte der ganze Haufen, und jedes beschenkte Kind hüpfte laut krähend mit seiner Beute unter dem Arm nach Hause zu seiner Mama.

Ja, Juan hatte sich gut eingelebt in Mexiko, er konnte sich mit den Leuten verständigen, er aß, was seine braune Camilla ihm vorsetzte, er feierte die Feste, wie sie dort üblich waren, bloß Weihnachten tanzte Juan ganz und gar aus der Reihe.
So war es auch am 24. Dezember des Jahres, als diese Sache mit den Delphinen passierte. Da stand Juan in aller Frühe auf, zog sein Buschhemd an und hängte seine Werkzeugtasche über die Schulter. Wie jedes Jahr wollte er auch heute einen Weihnachtsbaum aus dem Hinterland holen. Ehe er sich aber auf den Weg machte, trat er auf die Veranda und spähte zum Strand hinüber. Gerade stieg die Sonne aus dem Meer wie ein Feuerball. Keine Wolke am Himmel.
Es war nicht immer so um diese Zeit. Juan konnte sich an ein Weihnachtsfest erinnern, da hatte der Hurrikan Häuser und Menschen beinahe erdrückt, und alle, die hier an der Küste wohnten, waren vor der aufgebrachten See weit ins Hinterland geflohen. Heute aber lag das Meer so sanft da, wie Juan es selten erlebt hatte.
„Heiße Weihnachten“, dachte Juan, ging die knarrenden Verandastufen hinunter und marschierte landeinwärts zum etwas höher gelegenen Buschwald.
Nach einer halben Stunde hatte er den Wald erreicht. Keine hohen Bäume, aber sehr hüb-

sche: Akazien, Lorbeer, Zwergpalmen, Blüten und Ranken.
Unentschlossen stapfte Juan zwischen den Stämmen umher. Da fiel sein Blick auf eine zierliche, kerzengerade Zwergpalme. Kurz entschlossen zog er seinen Fuchsschwanz aus der Werkzeugtasche und sägte den Palmenstamm durch. Ein wenig ächzend fiel die kleine Palme um.
Juan steckte sein Werkzeug wieder ein, schulterte die kleine Palme und verließ, vor sich hinbrummend, den dichten Busch.
Zuhause stellte er die Zwergpalme auf die Veranda. Dort sollten auch gegen Abend die Lichter angezündet werden. Juan hatte es gern, wenn die Kinder, angelockt vom Kerzenglanz, das Holztreppchen zur Veranda heraufgetrappelt kamen.
Er freute sich, wenn die Kreolenkinder den geschmückten Baum anstarrten, wenn sich die Kerzen wie goldene Funken in ihren schwarzen Augen spiegelten, wenn sie wieder und wieder begierig in die Riesenschüssel hineinlangten, die Camilla für sie mit leckerem Zuckerzeug gefüllt hatte.
Noch war es aber nicht so weit. Zunächst gab es einmal Frühstück; und während Juan in der Küche saß und sich Kaffee und Eier schmecken ließ, drehte sich Camilla vor lauter Arbeitseifer um sich selbst. Sie war damit beschäftigt, Zuckerwerk zuzubereiten. Juan

schaute ihr zu, wie sie mit ihren geschickten braunen Händen aus geschmolzenem Zucker und geraspeltem Kokos Kugeln rollte. Juan trank die Tasse leer und stand auf.
„Und nun kommt der Weihnachtsfisch an die Reihe". Er stülpte seinen großen Sombrero auf den Kopf, lief die Verandatreppe hinab und stapfte zum Meer hinunter. Als er ans Wasser kam, sah er auf einem Stein den kleinen Panito sitzen.
Er war der jüngste unter sechs Brüdern, das war nicht ganz einfach.
„Höj, Panito, heute darfst du mit!" Juan schob das Boot ins Wasser. Wie der Blitz war der Krauskopf im Boot.
„Schnell, Juan, sonst kommen noch die anderen." „Du kommst mit, sonst keiner. Ist das ein Wort?" Panito strahlte. „Das Netz, Juan?" Panito zeigte nach einem Gestell, auf dem Juans Netz zum Trocknen hing.
„Nein. Das Meer ist so still. Heute will ich mir mal einen Spaß machen und die Angel nehmen."
Juan krempelte die Hosen hoch, schob das Boot ins Wasser, bis es frei schwamm, schwang sich über Bord und warf den Motor an. Langsam tuckerten sie auf die glatte See hinaus. Panito hockte im Bug des Bootes und spähte mit zusammengekniffenen Augen übers Wasser.
Plötzlich streckte er den Arm aus: „Da!"

Kaum wahrnehmbar glitt weit draußen zwischen Himmel und Wasser etwas vorbei wie ein Schatten. „Ja, da fahren sie, die großen Schiffe."

Einen Augenblick stand Juan starr und steif. Dann zog er den Sombrero bis fast auf seine große Nase herunter und stellte den Motor ab. „Und wir, Panito, werfen jetzt die Angel aus. Sieh mal, so!" Im hohen Bogen flog der Angelhaken durch die Luft und tauchte in das blanke Wasser. Aber es war merkwürdig. Kein vernünftiger Fisch biss an. Wenn die Angel schon mal zuckte, war' s irgend so ein winziger, den Juan sofort wieder ins Wasser warf. Es war geradezu lächerlich. Lächerlich und langweilig; und Juan, der ja vor Tag aufgestanden war, nickte unter seinem großen Sombrero ein, bis er hochfuhr, weil die Angel in seiner Hand kräftig zuckte.

Gleichzeitig gellte ihm Panitos Stimme in die Ohren: „Da, da oh! Juan! Hier und da!" Der Kleine tanzte im Bug auf und ab und schrie wie am Spieß.

Noch ein wenig benommen vom Schlaf zog Juan die Angel ein, löste einen großen Fisch vom Haken und warf ihn in den Fischbehälter. Dann wurde er aber sehr schnell munter. Um das Boot herum quirlte es nur so von Fischen, und als Juan, durch Panitos Geschrei aufmerksam geworden, aufs Meer hinausschaute, wusste er auch, woher dieser plötz-

liche Fischsegen kam: Eine ganze Herde Delphine kam durch das Wasser gestrudelt. Sie schwammen westlich des Bootes in Richtung des Landes und trieben die kleineren Fische vor sich her.
„Düwelsdonner, soviel Fische, und ich hab' kein Netz!“ brüllte Juan. Dann, auf einen Schlag, verstummte er. Er plinkerte, verschob den Sombrero, hob die Hand über die Augen. Entweder flimmerte die Luft ihm irgend etwas vor, oder er hatte beim Schlafen einen Sonnenstich bekommen. Das gab es doch nicht. „Juan, Juan, sie kommen!“ Panito hüpfte im Bug des Bootes auf und ab wie ein Sandfloh.
„Willst du sitzen bleiben, Bengel!“ Und dann, mit ein bisschen wackeliger Stimme, fragte Juan:
„Panito, siehst du es auch?“
„Ja, Juan, ich seh' es schon die ganze Zeit. Sie tragen etwas. Es sitzt auf ihrem Rücken. Manchmal liegt es auch, jetzt! Siehst du? Und, Juan, Haie, eins, zwei, drei, vier Haie außen drum rum.“ „Ein Ding, ein – Kind?“ murmelte Juan.
Mit weit aufgerissenen Augen verfolgte der kleine Krauskopf den Schwarm. Auch Juan stand wie gebannt. Es war die reinste Zauberei. Spielend fast, wie eine bewegliche Insel aus grauen, blanken Leibern kam die Gruppe der Delphine näher. Bald mussten sie auf

gleicher Höhe mit dem Boot sein. Juan hielt die Luft an. Es kam ihm so vor, als mache die ganze Sache den Delphinen riesigen Spaß. Auf ging es und ab, ein einziges Gewoge. Diejenigen unter den großen Tieren, die außen schwammen, schnellten sich hin und wieder mutwillig in die Luft, als wollten sie den sie umkreisenden Haien zurufen: „Was lungert ihr hier herum? Ihr könnt gar nichts machen, gar nichts!“ In der Mitte, dort wo das Ding saß, - es war wirklich ein Kind, - jetzt konnte Juan es deutlich erkennen – schwammen die Delphine stetig dahin. Und wenn doch einer zu tief tauchte, so dass das Kind unterzusinken drohte, war sofort ein anderer zur Stelle, schob sich unter das Kind und hielt es über Wasser.

Näher kam der Schwarm und näher. „Juan, ich glaube, es ist ein Indiomädchen“, flüsterte Panito aufgeregt. Juan sah es auch: lange schwarze Haare, schmale Augen im runden Gesicht. Ein roter Fetzen, der am Körper klebte, Haare die tropften.

„Wo kommt es bloß her, Juan, wo kommt es bloß her?“ stammelte Panito. „Es muss irgendwo aus einem Boot gefallen sein.“ Juan schluckte. Er ließ den Schwarm nicht aus den Augen. „Höj“, schrie er plötzlich, „was ist denn nun los?“ Wie auf Verabredung hatten die Delphine eine Wendung gemacht und schossen plötzlich auf Juans Boot zu. „Halt dich fest, Panito!“ schrie Juan. „Diese Biester schmeißen uns ja um.“ Schon glitten die Delphine, plätschernd, tauchend, spielend heran. Juan stemmte die Beine gegen den Boden, das Boot fing an zu wackeln; aber die Delphine, Panito kam es so vor, als lachten sie, schossen pfeilgerade an dem Boot vorbei, einige steuerbords, einige backbords, wie es gerade kam. Und dann, ja dann kam eine kleine Gruppe glatter, runder Delphinleiber, einer neben dem anderen, direkt auf das Boot zu, und auf einem von ihnen hockte schwankend das kleine Ding im nassen, roten Wollfetzen.

Als Juan das verängstigte kleine Gesicht mit den schwarzen, starren Augen so dicht vor sich sah, musste er erst mal fürchterlich schlucken; dann ging es aber los. Und nicht auf spanisch. „Ja, Düwelsdonner. Du kleine Indsche. Dann wollen wir dich mal überholen, nicht? Ran Jungs, ran! Das habt ihr wirklich klug gemacht, vorsichtig, Jungs! Näher, so, ja sachte, sachte, immer her mit der Kleinen. Hierher Freunde! Dann kann ich besser ran.“

Die Delphine schienen ihn gut zu verstehen, kam doch der größte unter ihnen, der jetzt das Kind trug, langsam Backbords geschwommen, so dass Juan sich nur über Bord zu beugen und das Kind ins Boot zu ziehen brauchte. Erst jetzt, als er das Kind mit bei-

den Händen gepackt hielt, merkte Juan, wie klein es noch war.
Er nahm es auf den Schoß und redete ein bisschen mit ihm. Aber das kleine Ding antwortete nicht.
„Kein Wunder!“ Juan setzte es sanft auf die Planken und winkte Panito heran. „Junge, was für ein Glück, dass ich dich mitgenommen habe. Komm, setz dich auf den Boden und nimm das kleine Mädchen zwischen deine Knie. Ja, so. Diese verflixten Haie da draußen. Nicht auszudenken, wenn - - !“Juan sprach deutsch und spanisch, alles durcheinander, riss sich den Sombrero vom Kopf und stülpte ihn Panito über, der bis zum Mund darin versank. „Drück die Kleine an dich, Freund, und halte dich so, dass sie im Schatten sitzt. Das arme Wurm! Hock du mal, ich weiß nicht wie lange auf einem Delphinrücken, und lass dich von der Sonne braten.“
Panito umklammerte das kleine Mädchen mit seinen dünnen, braunen Armen, rückte den Sombrero hoch und schaute über den Rand des Bootes.
„Sie sind noch da, die Delphine, Juan!“
„Ja“, erwiderte Juan grimmig „und die Haie auch.“ „Die Delphine sind gut, Juan. Sie haben geholfen.“ Panitos Augen leuchteten. „Ja.“ Juan warf den Motor wieder an. „Wenn ich das meinen Freunden in der alten Heimat schreibe, Panito, was wir beide, du und ich,

hier eben erlebt haben, glauben sie mir kein Wort, Panito, kein Wort. Nun aber zurück!"
Juan war so aufgeregt, dass er nicht aufhören konnte zu reden. „Nun guck, Panito, das ganze Meer wimmelt von Fischen, und ich habe gerade einen einzigen lausigen Weihnachtsfisch gefangen."
Er wendete. Das Boot stand mitten in einem Schwarm glänzender Fische. Die Delphine, die nicht daran dachten, aus der Nähe des Bootes zu weichen, hielten sie eingeschlossen. So zog Juan, begleitet von Fischen, von übermütig auf- und abwellenden Delphinen, ein paar Haien im gehörigen Abstand, mit einem nassen Indiokind, einem braunen Krauskopf und einem einzigen Fisch an Bord übers Meer nach Hause. Erst als das Boot auflief, der Sand unterm Kiel knirschte, und die Delphine nicht mehr genügend Wasser unter dem Bauch spürten, kehrten sie auf die hohe See zurück.
Juan zog das Boot auf den Strand.
Als er vorsichtig den großen Sombrero lupfte, schaute Panito darunter hervor, stumm. Er wagte nicht, sich zu bewegen. Das kleine Indiomädchen lehnte an seiner Brust und schlief.
Juan hob es behutsam hoch, bettete es in seinen angewinkelten linken Arm und stapfte mit ihm durch den Sand.
Weiter oben am Strand hockten ein paar Kinder unter einem Baum; als sie Juan erblick-

ten, kamen sie mit lautem Geschrei angerannt. Aber Panito schnitt ihnen den Weg ab. Wie ein wilder, kleiner Hund sprang er sie an und schrie: „Still, wollt ihr still sein! Juan hat ein Kind. Es schläft. Still, sag ich, still."
Da rissen all die braunen Krausköpfe den Mund auf, ließen aber keinen lauten Ton mehr heraus, liefen zu Juan; glucksend, wispernd, trappelten sie vor, neben und hinter ihm her.
Camilla erblickte den Zug durchs Küchenfenster.
Sie stutzte, reckte den Kopf vor. Sie sah, dass Juan etwas auf den Armen trug. „Madonna!" Sie schlug die Hände über dem Kopf zusammen, lief auf die Veranda und die Stufen hinab, über die Straße und über den Strand.
„Juan", schrie sie schon von weitem, „ist was passiert?"
Aber noch ehe sie Juan erreicht hatte, schoss wieder Panito auf sie los: „Still, Camilla! Nicht so laut. Sei leise. Juan hat ein Kind gekriegt!"
Die hübsche, braune Camilla sah in diesem Augenblick recht verdutzt aus. „Panito, was sagst du? Ein Kind? Er?" Und da sah sie es. Juan stand vor ihr, groß, schwitzend, an seiner Brust lag etwas mit viel Haar in einem roten Wollfetzen.
„Lebt es?"
„Ja."
„Wo – wo kommt es her?"
„Von draußen." Juan machte eine Kopfbewe-

gung zum Meer hin. Da sah Camilla draußen auf dem Wasser viele blanke, graue Rücken, helle Bäuche, die beim Aus-dem-Wasser-Schnellen in der Sonne blitzten. Sie konnte den Zusammenhang nicht so schnell begreifen. Das war auch nicht nötig. Da war das Kind. „Gib es mir!“ Sie nahm das Mädchen und rannte im Sturmschritt, Juan und Panito und die ganze Kinderschar hinter ihr her, ins Haus.

In Juans Haus summte es an diesem 24. Dezember wie in einem Bienenkorb. Aber es summte eben nur, obwohl alle, die hier kamen und gingen, am liebsten laut gelacht und gejubelt hätten. Es gab da ein kleines Indiomädchen, das, in Camillas schönste Bluse gehüllt, in Juans und Camillas großem Bett auf einem weißen Kissen unter einer buntgeblümten Steppdecke lag und schlief. Es summte aber nicht nur in Juans Haus. Der ganze weltabgeschiedene Ort summte.

Den ganzen Tag sah man Gestalten die kleine Küstenstraße entlangeilen. Vor allem waren es natürlich Frauen, Frauen in großen roten und türkisfarbenen Umschlagtüchern, die über die Verandastufen in Juans Haus huschten, um das „Delphinkind“ anzuschauen. Aber wenn sie etwa glaubten, sie würden so einfach vor das Bett geführt, täuschten sie sich. Camilla stand wie eine Löwin im Flur: „Außenherum! Das Kind darf nicht gestört werden.“ Ja, und dann mussten sie ums Haus herumschleichen und durften von außen durchs Fenster gucken. „Hast du es gesehen?“ zwitscherten die Frauen einander zu, obwohl es in Wahrheit kaum mehr als eine winzige Nasenspitze und ein bisschen schwarzes Haar zu sehen gab.

Und ein Gewühl war das in Camillas Küche! Camilla brachte den ganzen Tag nichts Richtiges zustande, und Juan kam diesmal mit dem Kleinen Palmbaum überhaupt nicht zurecht. Der Ständer passte nicht, die Zwergpalme war zu dünn, und Juan musste allerlei Lumpen um den Stamm wickeln. Aber wackeln tat sie zum Schluss immer noch.

Es wurde ungeheuer viel Kaffee gekocht in Camillas Küche, weil immerzu Besuch da war. Und wenn Juan und Camilla wirklich mal einen Augenblick allein waren, schauten sie einander an, erschöpft und glücklich.

Und obwohl es an diesem Weihnachtsabend überhaupt kein richtiges Essen gab, bloß Kaffee, und obwohl das Palmbäumchen ungeschmückt dastand und wackelte, dachte Juan später an dieses Weihnachtsfest zurück, als an das schönste, das er je erlebt hatte.

Denn die Delphine hatten ihm und Camilla ein Kind geschenkt, ein Kind, das zu einer schönen, ernsten, klugen Juanita heranwuchs.

Es war nämlich so, dass man nie erfahren hat, wem das kleine Indiomädchen gehörte.
Juan hat sich damals nach Weihnachten schweren Herzens aufgemacht und den Findling bei den Behörden in der Stadt gemeldet. Und Camilla hat von da an mindestens zwei Jahre lang gezittert, es könne einer kommen und das Kind holen, und mit ihr zitterten alle Frauen in den roten und türkisfarbenen Umschlagtüchern.
Aber keiner wollte Juanita wiederhaben. So jedenfalls berichtete Juan seinen Freunden in der alten Heimat. Und er berichtete auch, dass die Delphine damals noch den ganzen 24. Dezember vor der Küste zu sehen gewesen seien, eine Kette freundlicher Geschöpfe, spielend, gleitend, auf und ab, auf und ab, bis die Tropennacht kam mit ihrer Dunkelheit.

Inhaltsverzeichnis

Über die Autorin

Lotte Betke, geb. 1905, spielte in Berlin unter der Regie von Fehling und Gründgens. Schreibt Gedichte, Theaterstücke, Hörspiele für Erwachsene und Kinder. Hauptthema ihrer Veröffentlichungen sind Randfiguren unserer Gesellschaft. Ihre Jugendbücher wurden ins Holländische, Dänische, Norwegische, Belgische, Englische übersetzt.
Sie sagt über sich selbst: „Ich hab's von meiner Großmutter. Sie war eine Kätnerstochter aus Schleswig-Holstein, die es nach Hamburg verschlagen hatte. Als ich klein war, saß ich auf einem Hocker ihr zu Füßen und sie erzählte mir Geschichten. Als ich groß war, wurde ich Schauspielerin und spielte auf der Bühne die Geschichten der Dichter. Als mein erstes Kind geboren werden sollte, fing ich an Geschichten zu schreiben. Seitdem hab ich nicht mehr damit aufgehört. In den 98 Jahren meines bisherigen Lebens habe ich ja auch eine Menge erlebt!"
Im Alkyon Verlag liegen vor: „Das Lied der Sumpfgänger"; „Wir würden's wieder tun"; „Rotdornallee"; „Lampen am Kanal".
Großen Erfolg hatte Lotte Betke auch mit ihrem Roman „Feuermoor oder Sieh dich nicht um", der ihre Berliner Theaterzeit zum Thema hat (4. Auflage). Außerdem erschien der Gedichtband „Inmitten der Steine".

Lotte Betke
Inmitten der Steine
Gesammelte Gedichte
77 S., ISBN 3-926541-77-6
8,90 € (D) 15,90 SFR 9,20 € (A)

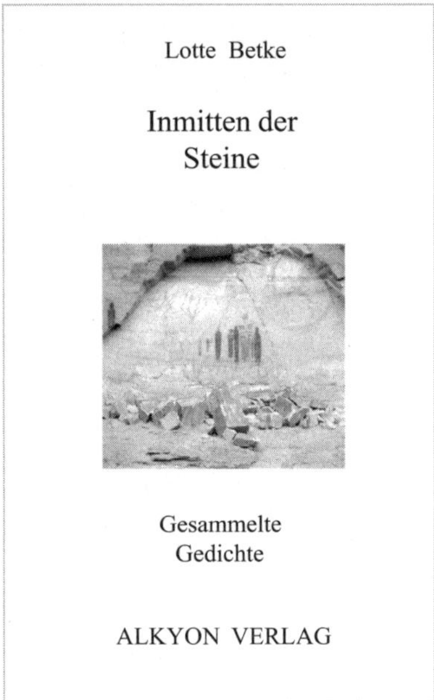

Lotte Betkes Gedichte sind Fundstücke eines verborgenen Inneren, Spur zurück in ein gelebtes Leben. Weisheit und Poesie der Märchen verbinden sich mit der Wachheit des Umsichschauens und der Klugheit der Erfahrung.

Lotte Betke

Feuermoor

oder Sieh dich nicht um

Roman

183 S. 3-926541-28-8 4. Auflage

9,90 € (D) 17,30 SFR 10,20 € (A)

Aus der Perspektive zweier Menschen wird das Geschehen im Berlin der dreißiger Jahre erzählt. Der naive „Junge von hinterm Torf" und „Die Frau im Kasten", Souffleuse am Deutschen Theater, erleben die turbulenten Ereignisse in der Wirklichkeit des Naziregimes und auf der Bühne Olivers, wie Gründgens im Buch genannt wird. Die Welt des Theaters vor der grellen Kulisse des Dritten Reichs und seinem Untergang.

***Lotte Betke**, geb. 1905, spielte in Berlin unter der Regie von Fehling und Gründgens. Schreibt Gedichte, Theaterstücke, Hörspiele für Erwachsene und Kinder. Hauptthema ihrer Veröffentlichungen sind Randfiguren unserer Gesellschaft. Ihre Jugendbücher wurden ins Holländische, Dänische, Norwegische, Belgische, Englische übersetzt.*

Lotte Betke
Lampen am Kanal
2. Auflage 2001
134 S., 5 Abb. 926541-68-7
9,40 € (D) 16,70 SFR 9,70 € (A)

Lotte Betke erzählt von den Nöten eines jungen Mädchens, dessen Vater Trinker ist. Es überwindet mit der Hilfe von Freunden die Schwierigkeiten, in die die Familie dadurch gestürzt worden ist.

Lotte Betke über sich selbst: „Ich hab's von meiner Großmutter. Sie war eine Kätnerstochter aus Schleswig-Holstein, die es nach Hamburg verschlagen hatte. Als ich klein war, saß ich auf einem Hocker ihr zu Füßen und sie erzählte mir Geschichten. Als ich groß war, wurde ich Schauspielerin und spielte auf der Bühne die Geschichten der Dichter. Als mein erstes Kind geboren werden sollte, fing ich an Geschichten zu schreiben. Seitdem hab ich nicht mehr damit aufgehört. In den 98 Jahren meines bisherigen Lebens habe ich ja auch eine Menge erlebt!"